TRANCH!

Papel certificado por el Forest Stewardship Council®

MIXTO
Papel | Apoyando la silvicultura responsable
FSC® C117695

Penguin Random House Grupo Editorial

Primera edición: febrero de 2026

Travessera de Gràcia, 47-49. 08021 Barcelona
Diseño de la cubierta: Penguin Random House Grupo Editorial, S.A.U. / Lourdes Bigorra
Guion de las historietas e ilustraciones: Francisco Ibáñez

Printed in Spain – Impreso en España

ISBN: 978-84-02-43116-5
Depósito legal: B-21413-2025

Lettering: Celeste Rodríguez de Bobes
Fotocomposición: M.I. Maquetación

Impreso en Talleres Gráficos Soler S. A.
Esplugues de Llobregat (Barcelona)

BG 3 1 1 6 5

MI PRIMER
MORTADELO Y FILEMÓN

¡CRACKS DEL BALÓN!

Personajes

MORTADELO

Es un agente voluntarioso y fiel, atento a los deseos de su jefe, aunque es el primero en recibir sus palos y broncas. Su ingenuidad y su capacidad para tomarse las cosas al pie de la letra dan siempre lugar a situaciones disparatadas. Además, es el rey del camuflaje. Tiene un repertorio infinito de disfraces que usa para huir cada vez que la fastidia.

FILEMÓN

Es el jefe, y lo demuestra con su actitud. Suele estar serio y trata con severidad a Mortadelo, culpándole de la mayoría de las desgracias, aunque al entrar en acción sus meteduras de pata son espectaculares. Filemón vive en la misma pensión que Mortadelo y temen al Súper tanto como odian al profesor Bacterio: ¡muchísimo!

OFELIA

Es la secretaria de la T.I.A. y se encarga de todas las tareas: llevar su agenda, imprimir sus informes y hacer llamar a Mortadelo y Filemón cuando surge una misión. Aunque le gusta Mortadelo, no duda en gritarle cada vez que él se mete con ella. Tiene muy mal genio, pero en el fondo es una mujer coqueta y enamoradiza.

EL SÚPER

Vicente es el director de la T.I.A., tiene altos cargos por encima de él que le visitan a menudo y amenazan con dejarle sin trabajo. Siempre da a Mortadelo y Filemón las misiones más importantes, para después sorprenderse cuando la pifian. Tiene mano dura con ellos, pero casi nunca los atrapa a tiempo para cumplir sus amenazas.

EL PROFESOR BACTERIO

Es un gran científico que trabaja en la T.I.A. creando inventos para ayudar en las investigaciones. Sin embargo, sus creaciones siempre vienen con sorpresa y no funcionan tan bien como asegura. Mortadelo y Filemón sufren las consecuencias e intentan que el científico lo pague caro.

Busca y encuentra

OJO, LECTOR, EN LAS SIGUIENTES PÁGINAS PODRÁS VER DISTINTOS PERSONAJES FUTBOLÍSTICOS, ¡O SUS COMPAÑEROS! ¿SERÁS CAPAZ DE ENCONTRARLOS SIN TROPEZAR CON NINGÚN BALÓN? **LEE LAS HISTORIAS Y REGRESA AQUÍ PARA MARCAR CON UNA X UNA VEZ LOS HAYAS LOCALIZADO.**

UNA AVENTURA DE **MORTADELO Y FILEMÓN**

¡A POR EL BALÓN!

GUION E ILUSTRACIONES DE

F. IBÁÑEZ

¡A POR EL BALÓN!

¡PEDAZO DE BURRO! ¡ME REFIERO A SI SABEN USTEDES ALGO DE FÚTBOL!
¡AH, PUES CLARO! IMAGÍNESE... ¡UNA TÍA MÍA, POR PARTE DE CUÑADO, REMIENDA LAS REDES DE LAS PORTERÍAS EN EL ESTADIO DEL VILLABERZAS F.C.!
¡PUES YO, NO VEA! ¡HUBO UNA TEMPORADA QUE HASTA DORMÍA CON EL BALÓN!
¡ANDA! ¿PERO USTED JUGABA AL FÚTBOOOL...?
NO, ME REFIERO AL BALÓN DE OXÍGENO. ¿SABE? FUE CUANDO ESTUVE TAN MALITO CON LA MALARIA GALOPANTE Y...
¡BRRR...! ¡ARRÉGLENSELAS COMO QUIERAN, PERO ESTA TARDE SE INFILTRARÁN EN LAS FILAS DEL C.F. VALDECOCES Y SE APODERARÁN DEL BALÓN, CUESTE LO QUE CUESTE!
SABEMOS QUE EN SU INTERIOR, EL ESPÍA OJÉTEZ HA OCULTADO UNOS PLANOS DE VITAL IMPORTANCIA INTERNACIONAL, PARA PAGARLOS A SU ENLACE, QUE ES CACAHUETERO DEL ESTADIO.
2-A
¡MIRA QUE TENER QUE JUGAR EN EL VALDECOCES CONTRA EL DESTRIPATERRONES...!
PROCURE LUCIRSE, ¿EH? ¡A LO MEJOR, ENTRE EL PÚBLICO ESTÁ KUBALA SELECCIONANDO FIGURAS!
VENGA, VAMOS A PONERNOS EL EQUIPO DE LOS DEL VALDECOCES.
VESTUARIOS
YO YA ESTOY LISTO. ¿Y USTED?
¡TAMBIÉN, JEFE, TAMBIÉN!
¡GRFJTX!
¡PEDAZO DE BELLOTA! ¡PRIMERO TENÍA QUE QUITARSE SU ROPA!
¡AH! YA DECÍA YO...
¡MIRE, YA SALEN LOS JUGADORES!
¡TENEMOS QUE SUSTITUIR A LOS DOS ÚLTIMOS, COMO SEA!
CLAP! CLOP!
2-B

¿EH? ¿QUIÉNES SOIS VOSOTROS? ¿DÓNDE ESTÁN MIGADO Y MENDRUGO?
SE HAN VUELTO AL VESTUARIO; NOSOTROS LES SUSTITUIREMOS...
CREO QUE LES HACEN DAÑO LAS BOTAS, ¿SABES?
BIEN, YA ESTAMOS EN EL AJO... ¡RÁPIDO, DRIBLE A ESE DEL DESTRIPATERRONES!
¿QUE LE HAGA QUÉÉÉ...?
¡QUE LO DRIBLE, HOMBRE! ¡QUE LO ENGAÑE!
¡AH!
3-A
SÍ, ORO PURO... TE LO DEJO EN CUARENTA Y OCHO PESETAS...
¡?
¡NO HAGA MÁS EL BURRO Y PÁSEME EL BALÓÓÓÓN...!
PERO, JEFE... ¿A QUÉ VIENE ESA CARA? ¿NO ME TIENE DICHO QUE TODO LO QUE ME PIDA SE LO PASE EN LA BANDEJA?
TRRRIIIT!
¡HOMBRE, NO FALTABA MÁS! ¡JE, JE! ¡QUÉ SIMPÁTICO!
¿?
al tío del pito, cordialmente, Mortadelo
¡UN AUTÓGRAFO! ¡ME HA DADO UN AUTÓGRAFO!
TRRRRIIIIIT!
¡HUM! ES LA OCASIÓN DE HACERNOS CON EL BALÓN... ¡MORTADELO, SAQUE USTED EL CÓRNER!
¡EL CÓRNER! ¡HE DICHO EL CÓR-NER!
TWOUUUUUUUT!
3-B

¡BRRR! YA LO HA SACADO OTRO... ¡ATENTO, MORTADELO! ¡QUE LE VA A LOS PIES! ¡CHUTE!
¡CHUTE!
SÍ, JEFE... ¡AUMPF!
PTAF!
MAGNÍFICO SU CHUT... ¡BRRR! ¡PERO OTRA VEZ, PROCURE DARLE AL BALÓN!
¡AH, ESTA VEZ VOY A LUCIRME! ¡VAYA QUE SÍ!
¡TOMA CASTAÑA!
¡GOOOL...!
¡MUY BIEN, MUCHACHO! ¡A ESO LE LLAMO YO UN SEÑOR GOL!
¿VERDAD QUE SÍ?
4-A
SÍ... ¡LÁSTIMA QUE LO HAS CLAVADO EN NUESTRA PROPIA PORTERÍA!
FALTAN UNOS SEGUNDOS PARA TERMINAR... SI NO MARCO, ESTAMOS PERDIDOS...
¡BURLÉ AL PORTERO! ¡JA, JA! ¡ESTE YA NO HAY QUIEN LO PARE...!
BLOP!
¡POR FIN AGARRÉ EL BALÓN! ¡JE, JE!
CHAP
¡NO! ¡NO! ¡NOOOO...!
¡TRIIIIIT!
LE HE PODIDO PASAR EL BALÓN AL SÚPER. ¡JE, JE! ¡ESTABA ENTRE EL PÚBLICO!
MIRE, MIRE CÓMO SE LANZA LA GENTE AL CAMPO, VOCIFERANDO... ¡DEBEN VENIR A FELICITARNOS!
¡QUÉ EXITO! ¿EH? ¡NOS LLEVAN EN HOMBROS, COMO A LOS TOREROS!
¡FÍJESE, HASTA SE VAN A ENCARAMAR A AGARRAR HIGOS, PARA NOSOTROS! ¡QUÉ AMABLES!
¿CUARTEL GENERAL...? SÍ, PONGAN UN ANUNCIO EN LOS PERIÓDICOS... "SE NECESITAN AGENTES PARA CUBRIR DOS BAJAS QUE BLA... BLA... BLA...".
4-B
F. Ibáñez

UNA AVENTURA DE **MORTADELO Y FILEMÓN**

UN MUNDIAL FATAL

GUION E ILUSTRACIONES DE
F. IBÁÑEZ

UN MUNDIAL FATAL

¡TENGO UNA MISIÓN PARA USTEDES! ¡HOY ES EL PARTIDO INAUGURAL DEL MUNDIAL Y NUESTRO SERVICIO DE INTELIGENCIA CREE QUE HAY UNA BOMBA OCULTA EN EL TERRENO DE JUEGO...
...ASÍ QUE TENGO UN PLAN PARA QUE USTEDES LO AVERIGÜEN, FORMANDO PARTE DE NUESTRO EQUIPO NACIONAL! ¿QUÉ TAL ANDAN DE CULTURA FÍSICA?
¡ESTÁ HABLANDO CON VERDADEROS ATLETAS, SEÑOR SÚPER! ¡OBSERVE QUÉ CAPACIDAD TORÁCICA, OBSERVE! ¡AUMPFFFFF...!
CRRRECK
ÑIOIIIIIC
PCHSSSS
SÍ, FISURA DE ESTERNÓN Y DISLOCAMIENTO COSTILLAR... ¡A SU EDAD NO SE PUEDEN HACER CIERTAS COSAS!
"A MI EDAD, A MI EDAD...". ¡TODAVÍA SOY CAPAZ DE BATIR LA MARCA DE LOS MIL METROS LISOS!
¡FÍJESE QUÉ ESTILO! ¡COMO UN RAYO! ¡UNA CENTELLA! ¡DEBO ESTAR PULVERIZANDO RÉCORDS!

¡HOLA, MORTADELOOOO! DANDO UN PASEÍTO SIN PRISAS, ¿EH?
PERDONA QUE NO ME ENTRETENGA, PERO ES QUE SE ME ESCAPA EL AUTOBÚS, ¿SABES? ¡ADIÓS!
SÍ, YA VEO, TODO UN "RECORDMAN"... ¿Y USTED?
¡OH, LO MÍO ES EL SALTO!
ENTENDIDO. ¿CUÁNTO HACE USTED? LA ÚLTIMA PLUSMARCA ESTÁ EN DOS COMA TREINTA...
¡JA, JA! ¡QUÉ RIDICULEZ! ¡YO ME SALTO LOS CINCO COMO SI NADA!
¡SERÁ CON PÉRTIGA, CLARO!
¡NI PÉRTIGA NI PORRAS! ¡A CUERPO LIMPIO!
¡A VER, DEMUÉSTRELO!
¡VEA, VEA, CINCO CENTÍMETROS Y, SI ME PONGO, HASTA SALTO SEIS! ¡LO QUE YO NO CONSIGA...!
3

¡MAGNÍFICO, VEO QUE HARÁN UN GRAN PAPEL SOBRE EL CÉSPED!
BUENO, NO SÉ... NUNCA HEMOS PROBADO DE DARLE AL BALÓN, Y A LO MEJOR...
¡OH, ES MUY SENCILLO, YA VERÁN!
SCRICHT
SCRACHT
SOLO TIENEN QUE HACER COMO YO... ¡FÍJENSE, FÍJENSE!
¡AUMPF...!
CLOP!
¡UAAAAH!
¡ME DI EN TODO EL TOBILLOOO!
¡AAAAAY!
EN FIN; PRUEBEN USTEDES, A VER QUÉ TAL...
¡OK, SEÑOR SÚPER!
SCRICHT
SCRACHT

¡AUMPF...!
¡CLOP!
¡OUAAAGH!
¡REEEEEEEEEEC...!
¡MI TOBILLO! ¡MISERABLE! ¡ME LO HA TERMINADO DE PULVERIZAAAR!
PERO SEÑOR SÚPER... ¡DIJO QUE HICIÉRAMOS COMO USTED! ¿EN QUÉ QUEDAMOS? ¡HO HAY QUIEN LE ENTIENDAAA!
¡BUENO, AL TRABAJO! EL AGENTE POLLÍNEZ LES HA PREPARADO UNAS BOTAS CON DETECTORES DE EXPLOSIVOS, PARA LOCALIZAR LA BOMBA SIN LLAMAR LA ATENCIÓN. ¡PRUÉBENSELAS!
¡HUM! NO SON MOCASINES ITALIANOS, PERO PARECE QUE PITAN...

¡AH, HOLA, AGENTE POLLÍNEZ! ¿CREE QUE FUNCIONARÁN BIEN LOS DETECTORES?
¿DETECTO-REEEES...?
¡ANDA, SE VE QUE LE EN-TENDÍ MAL! ¡YO PUSE DE-TONADORES!
BANG! BANG!
¡MUY GRACIOSO, SEÑOR SÚPER! ¡PERO QUE MUY GRACIOSILLO, EL HOMBRE!
Y AHORA, ¿NO TENDRÍA UNOS CALZONCILLOS CON BOMBITAS DE NEUTRO-NES?
¡HALA, HALA, PELILLOS A LA MAR! HA SIDO UN ERRORCILLO DE NADA... ¡TÓMENSE UNA COPEJA Y OLVIDE-MOS EL ASUNTO!
¡GLUC...!

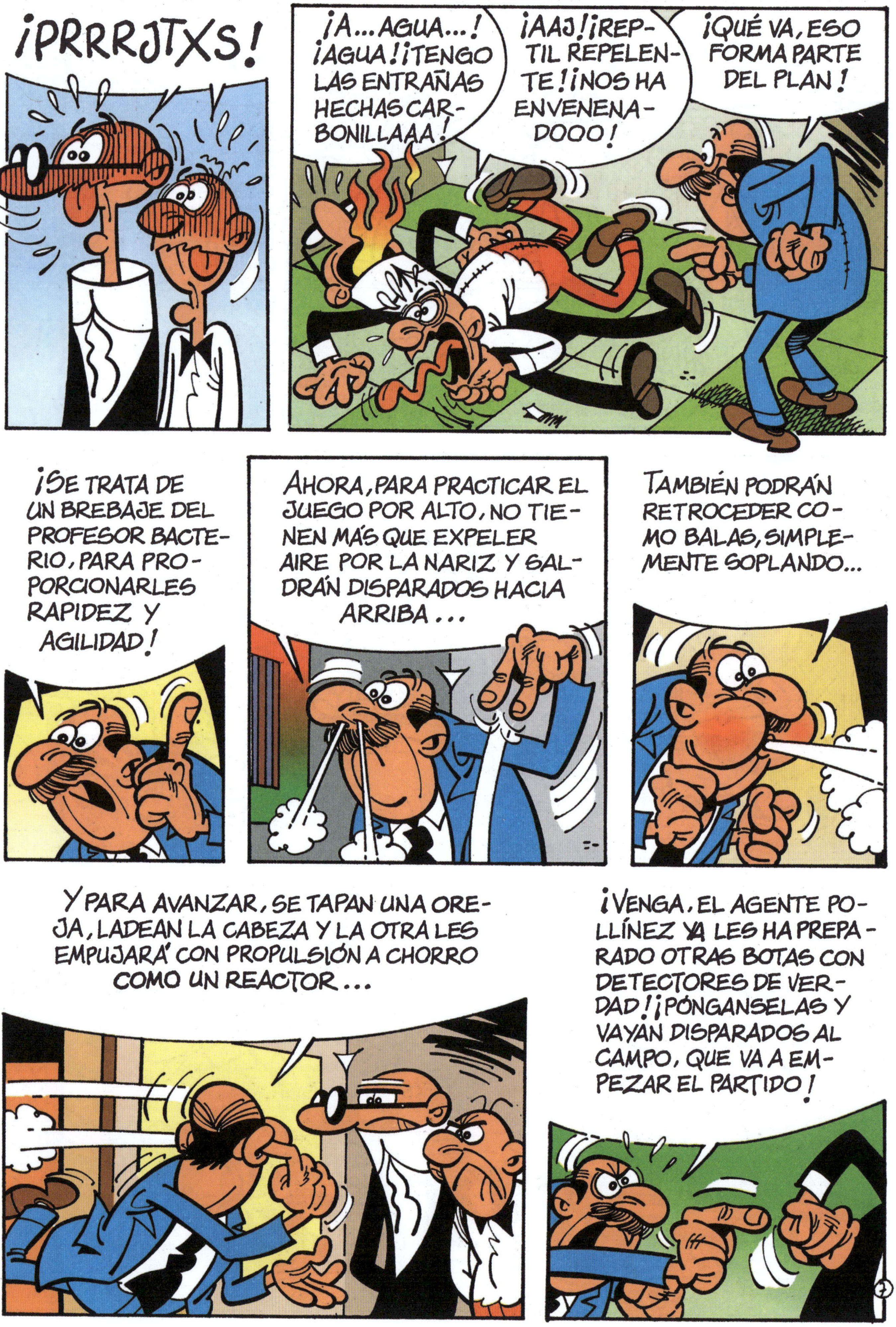
¡PRRRJTXS!
¡A...AGUA...! ¡AGUA! ¡TENGO LAS ENTRAÑAS HECHAS CARBONILLAAA!
¡AAJ! ¡REPTIL REPELENTE! ¡NOS HA ENVENENADOOO!
¡QUÉ VA, ESO FORMA PARTE DEL PLAN!
¡SE TRATA DE UN BREBAJE DEL PROFESOR BACTERIO, PARA PROPORCIONARLES RAPIDEZ Y AGILIDAD!
AHORA, PARA PRACTICAR EL JUEGO POR ALTO, NO TIENEN MÁS QUE EXPELER AIRE POR LA NARIZ Y SALDRÁN DISPARADOS HACIA ARRIBA...
TAMBIÉN PODRÁN RETROCEDER COMO BALAS, SIMPLEMENTE SOPLANDO...
Y PARA AVANZAR, SE TAPAN UNA OREJA, LADEAN LA CABEZA Y LA OTRA LES EMPUJARÁ CON PROPULSIÓN A CHORRO COMO UN REACTOR...
¡VENGA, EL AGENTE POLLÍNEZ YA LES HA PREPARADO OTRAS BOTAS CON DETECTORES DE VERDAD! ¡PÓNGANSELAS Y VAYAN DISPARADOS AL CAMPO, QUE VA A EMPEZAR EL PARTIDO!

INVENTOS DEL BACTE-RIO... ¡GLUP! ME VEO EN-TRE CUATRO CIRIOS...
¡HALA, CUÁN-TA GENTEEE!
¡BUF!
¡PE... PERO, DESGRACIADO, PIENSE EN EL BREBAJE DEL BACTERIO! ¿PA-RA QUÉ SOPLAAA?
BUF!
¡MADRE, QUÉ ESTRÉPI-TOOOO! ¡YO NO QUIERO NI OÍRLO...!
BLOM!
PAF!
CROK
PLONC!
BADABOUM

¡RAYOS; LA OREJA! ¡EL BREBAJE!
¡UAAAAH!
¿QUÉ PORRAS HACEN ESOS ESPAÑOLES? ¡QUE VENGAN INMEDIATAMENTE!
BLOF!
¡GRMBLFJX! ¡TARJETA!
MU... MUY AMABLE. ¡JE, JE! AQUÍ TIENE LA MÍA... FILEMÓN PI, PARA SERVIRLE...
¡CÓMO SE HAN PUESTO ESOS TIPOS, JEFE! TOTAL, PORQUE HAN TENIDO QUE VOLVER A SALIR...

¡COMIENZA EL PARTIDOOO!
¡ATENCIÓN! ¡LA PRIMERA INTERNADA ENEMIGA! ¡AL TANTO, DEFENSA! ¡INTERCEPTA EL BALÓN!
TRRRRRIT
¿QUÉ...? YO... SI... ESTEEE...
¡RAYOS; CREO QUE ME RESFRIÉ! ESTO DE LLEVAR PANTALONCITOS DE NIÑO... A... AAAT...
¡ACHÍÍÍÍÍS!
AÑA
N.ZELAND
¡GOL! ¡LOS NEOZELANDESES ACABAN DE MARCAR EL PRIMER GOOOOL!
BLOPS!
10

¡GRMBLFJ! ¿DÓNDE ESTÁ EL BELLOTA DEL DEFENSA? ¡SI ME LO ECHO YO ENCIMA...!
CRONCH!
¡APARTA, DESGRACIADO! ¡APARTAAAA! ¡NGNGNG!
¡NUEVO GOL NEOZELANDÉS! ¡AL PORTERO SE LE HA ESCAPADO LA PELOTA Y GOOOOL!
PLAC!
¡OJO CON EL PORTERO, JEFE! ¡TIENE UN GENIO QUE NO VEA!
¡YA ME PONDRÉ YO EN LA DEFENSA, TARUGO! ¡USTED MARQUE A LA DELANTERA!
¿CON QUÉ? NO TENGO TIZA...
11

¡RAYOS; UNA COLILLA! ¡GAMBERROOOS!
¡QUE ME QUEMOOO!
¡BUF!
BUF!
¡JE, JE! ESTA LLEGA TODA INOCENTONA, SIN PELIGRO...
¡GOL! ¡GOOOOL! ¡OTRO GOL PARA LOS DE NUEVA ZELANDAAAAAA!
PLOF!
12

¡AH! VEO QUE TAMBIÉN HA TENIDO UN INTERCAMBIO DE OPINIONES CON EL PORTERO, ¿EH, JEFE?
¡QUE VUELVEN A ATACAR! ¡RÁPIDO! ¡TODOS A LA DEFENSAAA!
¡HUY! SE ME HA METIDO UN ABEJORRO EN LA NARIZ...
¡AJÁ; NO HAY QUE PREOCUPARSE! ESA VA DEMASIADO ALTA...
¡ACHÍÍÍÍS!
CLOC

NO; EL CHICHÓN QUE ME HE HECHO CONTRA EL LARGUERO SOLO TENÍA MEDIO CENTÍMETRO... ¡PERO NO VEA EL GOLPE DE BOTA QUE ME HA SACUDIDO LUEGO EL PORTERO!
¡FALTA CONTRA EL EQUIPO ESPAÑOL! ¡LOS MUCHACHOS SE APRESTAN A FORMAR LA BARRERA, Y...!
¡QUÉ GOLPE! ME HA DEJADO EL COLODRILLO COMO UNA CAFETERA... NO OIGO NI TORTA...
TRRRRIT
¡INCREÍBLE! ¡EL JUGADOR CALVO ESE APARTA DE UN EMPUJÓN LA BARRERA MIENTRAS SE EJECUTA LA FALTA Y GOOOOL, GOL, GOOOOL! ¡Y VAN CINCO!
PLOC
14

¡PARECE QUE LOS JUGADORES ESPAÑOLES QUIEREN TENER UN AMIGABLE COLOQUIO CON LOS DOS RECIÉN INCORPORADOS, Y...!
VAMOS, VAMOS, SEÑORES, SEAMOS CIVILIZADOS... HABLEMOS COMO PERSONAS Y...
PAF! CROCK
BADOUM
ZAS
PLONC
YA... YA ESTAMOS DE VUELTA, SEÑOR SÚPER...
ALLÍ NO HEMOS DETECTADO MÁS QUE UNA MALA GAITA ESPANTOSA, PERO DE BOMBAS, NADA...
¡AH, NO; SI YA ESTÁ TODO RESUELTO! ¡JA, JA! RESULTA QUE EL TIPO QUE HABÍA DE COLOCAR LA BOMBA ES MÁS MIOPE QUE UN LADRILLO...
... ASÍ QUE ÉL CREYÓ LEER "ESTADIO" Y LA COLOCÓ EN EL "ESTUDIO" DE UN TAL IBÁÑEZ, DIBUJANTE DE HISTORIETAS... ¡NO VEAN CÓMO HA QUEDADO, EL TÍO!
¡A... ATADME UN LÁPIZ AL DEDO GORDO! ¡TENGO QUE HACER SIN FALTA SEIS PÁGINAS PARA MAÑANAAA!
15

BIEN, PERO MI INVENTO HA FUNCIONADO, ¿EH? ¿A QUE SE HAN SENTIDO ÁGILES CUAL PAJARILLOS?
¡O... OIGAN! ¿POR QUÉ ME MIRAN ASÍ? ¿QUÉ PRETENDEN? ¿QUÉ...?
¡VENGA; A VENTILARSE TODO SU BREBAJE! ¡TODO!
¡GLU, GLU, GLU, GLU...!
¡YO LE TAPONO LA OREJA, JEFE!
¡SE ACORDARÁN DE ESTO! ¡CAFRES! ¡BESTIAJOS!
¿NO CREE QUE NOS HEMOS PASADO?
QUIZÁ SÍ... ¡MIRE QUE SI AL LLEGAR ABAJO PILLA A UNA POBRE HORMIGUITA...!
F. IBÁÑEZ
16

UNA AVENTURA DE **MORTADELO Y FILEMÓN**

MUNDIAL 2022

GUION E ILUSTRACIONES DE
F. IBÁÑEZ

MUNDIAL 2022
ANTES, TIEMPO ATRÁS, ¡PERO ATRÁS DE VERDAD, ¿EH?! NADIE HABLABA DE FÚTBOL. LA GENTE ESTABA POR SUS COSAS, POR SUS QUEHACERES. COMO MUCHO, DE VEZ EN CUANDO SE RUGÍA UN POCO...
¡GRÑIAAAH!
1-A
PERO HOY DÍA, CON ESO DEL FÚTBOL, ¡UH, AMIGO!, EL SER HUMANO (Y LA SERA HUMANA) SE HAN LIADO A PARLOTEAR, CHARLAR, DISCUTIR, VOCIFERAR, BERREAR SOBRE EL ASUNTO EN CUALQUIER LUGAR, RINCÓN, PARAJE...
¡QUE EL ÁRBITRO LA PIFIÓ, OYE! ¡QUE NO ERA FUERA DE JUEGO POR QUE BLA, BLA, BLA...!
¡Y UN RÁBANO! ¡QUE NO ESTABA EN POSICIÓN REGLAMENTARIA Y BLA, BLA, BLA...!
¿Y ROMUALDEZ QUÉ, EH? ¡QUE METIÓ LA BOTA Y BLA, BLA, BLA...!
¡SE... SEÑORES, MI APENDICITIS, QUE...! ¡QUE SE PASÓ LA ANESTE-SIA...!
¡AY!
¿DEL ALMENDRALEJO? ¡UH; NADA QUE HACER, TÍO! ¡SI NO CAMBIÁIS LA DEFENSA Y...!
¡PUES ANDA QUE VAIS BIEN LOS DEL TORREPEROGIL! ¡CON LOS ÚLTIMOS SIETE A CERO QUE OS CLAVARON Y BLA, BLA, BLA...!
¡UH! JUSTO EL DÍA QUE LA DIÑÉ, CIPRIANO MARCABA EL CUATRO A CERO EN...
SÍ, MIRA, YO ME QUEDÉ SIN VER LA FINAL DE LA RECOPA QUE BLA, BLA, BLA...
¡EL ENTRENADOR! ¡QUE FALLA EL ENTRE-NADOR! ¡CUANDO ESTABA EL MANGAAL, EL DE LOS PAÍSES BAJITOS, SÍ QUE...!
¡QUITE, QUITE! ¡EN LA LÍNEA MEDIA, LA JORO-BABA Y BLA, BLA...!
Y CLARO, TANTO LUSTRE, PREZ Y GLORIA TENÍA QUE REPERCUTIR EN... ¡PASE PÁGINA Y SE ENTERA, PASE!
1-B

¡... EN LOS DOS SUJETOS, PREZ Y GLORIA DE LA T.I.A.! ¡SÍ; ESOS, ESOS!
¡JO, QUÉ NOCHE! EL COLCHÓN, CADA VEZ MÁS DURO... ¡GRANITO PURO!
¡PUES VIERA EL SOMIER DE MI CAMA, OIGA! AJADO, FOFO, BLANDENGUE... ¡SE DOBLA EN CUANTO SE DEJA CAER LA PULGA!
A VER SI LA PATRONA NOS PONE UN DESAYUNO SANO Y FRESCO PARA EMPEZAR EL DÍA...
CRECRECRRREC...
¡BUENO! ¿QUÉ LES PASA? ESTAMOS A DÍA SIETE Y LA LECHE, TOTAL CADUCABA EL DÍA TRES...
¡PERO DEL AÑO PASADO! ¡BRRRFJ!
¡GOR GLOJ GLOOOF!
MI... MI HÍGADO... ¡ÑG! ¡IAAARJ!
Y LOS CHURROS... ¡AING!... LA BOLSA CONMEMORABA LA CORONACIÓN DE DON AMADEO DE SABOYA...
¡ARF! ¡IJ! ¡GJJJRF!
2-A
MEJOR VAMOS AL BAR DE LA ESQUINA, MIRE...
SÍ... ¡CREO QUE YA NO LIMPIAN LAS TAZAS CON EL MOCHO DEL VÁTER!
El PENSIÓN CALVARIO
¡OFELIA! ¿HAN LLEGADO YA ESAS COCHAMBRES DE VERTEDERO?
SE REFIERE A MORTADELO Y FILEMÓN, ¿NO?
PUES SÍ, HAN DICHO QUE ESTABAN ALIGERANDO LOS ESTORBOS DE ENCIMA DE SU MESA.
¿DE MI MESA?
¡AH; BUENOS CHICOS! QUITAN LOS ESTORBOS DE MI MESA PARA QUE PUEDA...
¿MI... MI MESA? ¡LOS "ESTORBOS"! ¡ES LA HORA QUE ME TRAEN EL DESAYUNO!
¡AAAAAGH, QUÉ HORRIBLE SOSPECHA! ¡NO SE HABRÁN ATREVIDO...! ¡NO HABRÁN...! ¡NO...!
2-B

¡SÍ! ¡MI CAFÉ DE COLOMBIA CON LECHE DE VACA SUIZA! ¡MIS TOSTADAS CON CAVIAR RUSO!
¡MI...! ¡MIEL DE LA ALCARRIA... ÑAM, ÑAM... VAYA QUE SÍ!
VERÁ... GLOUMPF... ES QUE EN EL BAR HAN SUBIDO MEDIO EURO EL DESAYUNO Y NO ERA COSA DE...
¡BUENO, BUENO, NO HAY PARA TANTO! ¡YA LE PAGAREMOS UN BOCATA GARBANZOS! ¡CÁLMESEEE!
¡YA HABLAREMOS, YA! AHORA TENEMOS OTRO ASUNTO... UNA MISIÓN URGENTE... ¡PRESTEN ATENCIÓN!
SE TRATA DE UN ASUNTO DE SUMA IMPORTANCIA... ¡PRIORIDAD ABSOLUTA! USTEDES TENDRÁN NOCIONES DEL ASUNTO DE QATAR, ¿NO?
¡HOMBRE, CLARO! ¡SI ES LO QUE ESTÁBAMOS HACIENDO, CATAR SU DESAYUNO! Y USTED SE HA PUESTO COMO UN ENERGÚMENO, COMO UN BASILISCO...
3-A
¡QUE NO ES ESO, JEFE, QUE SE REFIERE A LAS DETENCIONES! ¡QUE HAY C'ATAR BIEN A LOS DELINCUENTES PARA QUE NO S'ESCAPEN Y...!
¡VALE, VALE; SI TAMPOCO ES ESO, YA MIRAREMOS EL DICCIONARIO! ¡JO, QUÉ DÍA TIENE!
¡LES HABLO DE QATAR! ¡QATAR! ¡DONDE VA A CELEBRARSE EL MUNDIAL DE FÚTBOL 2022! ¡Y DONDE USTEDES VAN A IR A RESOLVER CIERTOS PROBLEMAS QUE...!
¡... QUE LES ADVIERTO QUE TENGO PREVISTA CUALQUIER FUGA! ¡QUE ESTÁ EN LA PUERTA CARNICERO, EL MASTÍN SIBERIANO ANTROPÓFAGO Y SANGUINARIO QUE YA LES TIENE ECHADO EL OJO!
BIEN; DISPUESTOS A PRESTAR UNOS MINUTOS DE ATENCIÓN, ¿NO?
PUES MIRE USTED, MÁS BIEN SÍ...
3-B

SABEMOS QUE LOS BESTIAJOHITAS, PANDILLA REVOLUCIONARIA, QUIEREN HACER FRACASAR EL MUNDIAL, TUMBAR AL JEQUE Y HACERSE CON EL PODER...
... Y VAN A SOLTAR EN LOS ESTADIOS UNOS MOSQUITOS SALVAJES QUE PICOTEARÁN A LOS JUGADORES Y LOS DEJARÁ KO, SIN PODER SACUDIRLE AL BALÓN...
¡PERO AHÍ ESTARÁN USTEDES PARA IMPEDIRLO! YA LE HEMOS OFRECIDO AL JEQUE LA INESTIMABLE COLABORACIÓN DE LA T.I.A.... ¡PARTIRÁN HACIA QATAR INMEDIATAMENTE!
Y LES ACOMPAÑARÁ EL PROFESOR BACTERIO, QUE LES SERÁ DE GRAN AYUDA EN...
¡JI, JI! PARA LIQUIDAR MOSQUITOS... ¡LOS TRES MOSQUITEROS!
¡SEÑOR SÚPEEER! ¡DÍGALES QUE ME SAQUEN DE AQUÍ! ¡QUE ME SAQUEEEN!
BLOM BLOM BLOM BLOM
4-A
¡VALE, VALE, PUES IRÁN USTEDES SOLOS! ¡SI NECESITAN AYUDA, LLAMEN AL S.U.V.!
¡AH! ¡EL SERVICIO UNIVERSAL AL VALOR!
NO; EL SINDICATO UNIFICADO DE VETERINARIOS. ¡VENGA, LES ESTÁN ESPERANDO EN LA ESQUINA CON UN AUDI!
¡JO! POR LO MENOS, ES UN BUEN VEHÍCULO... SUPONGO QUE LLEVARÁ MUEBLE BAR Y AIRE ACONDICIONADO Y...
¡RAYOS! ¡EL SÚPER NOS HABLÓ DE UN AUDI! ¿QUÉ...?
¡QUE SÍ, QUE SÍ, ESTE ES! CUANDO ESTÁN ASÍ, VIEJOS Y ROÑOSOS, LOS ENVÍAN AL GOLFO PÉRSICO PARA DESGUAZAR... ¡SUBAN, SUBAN!
DE LA EMPRESA AUDI, ¿SABEN? ACARREO URGENTE DETRITUS INMUNDOS... ¡PÓNGANSE CÓMODOS, QUE EN DOS DÍAS ESTAMOS EN QATAR!
¡DOS DÍAS! ¡Y AQUÍ HUELE A DEMONIOS! ¡A PODREDUMBRE!
¡Y HAY RESTOS DE GARBANZOS! ¡Y MONDAS DE PATATAS! ¡Y...!
4-B

BUENO, YA ESTAMOS EN QATAR. OS VENDRÁ A RECOGER MELECIO, EL CHÓFER DE LA T.I.A., PARA LLEVAROS DONDE SEA.
¡JOOO, POR FIN! ¡TENGO INCRUSTADA BASURA DESDE LOS TOBILLOS HASTA LAS OREJAS!
¡YO HUELO A GORRINERA, A VERTEDERO, A CARROÑA, A...!
TENGO HASTA MAREOS, VAHÍDOS, ATONTAMIENTO...
A MÍ ME VIENE UNA ANGUSTIA, UN SÍNCOPE, UNA AGONÍA QUE...
¡HOLA, SOY MELECIO! ¡YO OS TRASLADARÉ DONDE HAGA FALTA!
TENDRÁ QUE SER AQUÍ DENTRO, CAMUFLADOS, QUE NO OS DESCUBRAN LOS BESTIAJOHITAS...
¡AAAAAGH!
¡¡BASURA!! ¡MÁS BASURAAAA!
¡BESTIAS! ¡CAFRES! ¡CERNÍCALOS! ¡SACADME DE AQUÍ! ¡OS DENUNCIARÉ AL SÚPER! ¡A LA INTERPOL! ¡A LA INQUISICIÓÓÓN!
5-A
BUENO, YA ESTAMOS MÁS O MENOS ACICALADOS...
PRIMERO IREMOS A PRESENTARLE NUESTROS RESPETOS AL JEQUE, QUE SEPA QUE VENIMOS A PROTEGERLE.
¿MORTADELO Y FILEMÓÓÓN? ¿LOS TIPOS ESOS DE LA T.I.A.? ¿QUE VIENEN A PROTEGERMEEE?
¿ELLOS A MÍÍÍ?
¡DESDE LUEGO LOS HAY DESAGRADECIDOS, EGOÍSTAS Y MISERABLES, ¿EH?!
¡SEÑOR SÚPEEER, QUE MIRE, QUE LE EXPLICO LO QUE NOS HA PASADOOO!
¡BRFTJX!
¡DICE QUE HA TENIDO QUE RECURRIR A LA PROTECTORA DE ANIMALES!
BUENO, VAMOS AL HOTEL DONDE ESTÁ NUESTRA SELECCIÓN... NOS DEBEN ESTAR ESPERANDO ANSIOSOS Y ALEGRES DE QUE LLEGUEMOS...
5-B

RECEPTION
¡HEY! ¡ELLOS! ¡SON ELLOS! ¡LOS DE LA T.I.A.! ¡Y PREGUNTAN POR NOSOTROS!
¡HAY QUE MENEARSE! ¡URGENTE!
JEFE... POR AQUÍ SON NORMALES LAS ALFOMBRAS VOLADORAS ESAS, ¿NO?
PUES MIRE... ¡ESA DEBE ESTAR ENTRENÁNDOSE PARA EMPRENDER EL VUELO!
¡RAYOS! ¡ERAN ELLOS! ¡LOS JUGADORES! ¡SE LARGAN EN SU AUTOCAR!
EMPIEZO A PENSAR QUE NOS TIENEN OJERIZA, ¿EH?
6-A
¡VAMOS AL ESTADIO! ¡LA CEREMONIA DE APERTURA ESTARÁ A PUNTO DE EMPEZAR!
¡HEMOS DE ESTAR PRESENTES Y DESCUBRIR A LOS BESTIAJOHITAS Y SUS MOSQUITOS!
¡QUE SÍ, QUE YA VENGO PREPARADO POR LOS MOSQUITOS ESOS!
¡AHÍ LO TENEMOS! ¡VENGA, SAQUE LOS PASES PARA LOS VIP!
SÍ, JEFE... EL SÚPER ME DIO UN SOBRE...
¡RAYOS, DOS VALES PARA UNA BOLSA DE PATATAS Y OTRA DE KIKOS! ¡Y CADUCADOS!
¡PARA USTED, ESO DE PAGAR ES COMO SUBIR AL EVEREST A LA PATA COJA, ¿NO?!
TICKETS
¡EL MUNDIAL 2022 ESTÁ A PUNTO DE EMPEZAAAR! ¡LOS EQUIPOS PARTICIPANTES SALEN A DAR UN REMENEO POR EL TERRENO DE JUEGOOO...!
6-B

¡PASAN LOS CHICOS DE BÉLGICA, QUE AL PARECER ESTUVIERON ENTRENANDO EN BRUJAS...!
¡COREA, LA DE ARRIBA, CUYO PRESI YA NO SABE DÓNDE METER SUS MISILES...!
LOS BRASILEÑOS ESTA VEZ ENTRENARON EN PORTO ALEGRE, Y CLARO... ¡ALEGRÍA, ALEGRÍA...!
¡JA, JA, JA!
¡JO, JO!
¡JIAAA, JIA, JIA!
LOS DE LA INDIA, MUY ENDIOSADILLOS ELLOS. YA SE SABE; KALI, SIVA, VISHNÚ...
7-A
AHORA PASAN LOS DE ISLA TORTUGA... ¡TODO SE PEGA, TODO!
LOS DE CIUDAD DEL CABO VAN PROGRESANDO. ADEMÁS DEL CABO, ESTA VEZ SE HAN TRAÍDO AL SARGENTO, AL TENIENTE, AL CAPITÁN, AL GENERAL...
LOS DE LA AMÉRICA DE LA PARTE DE ARRIBA SE PREPARARON EN INDIANÁPOLIS. SÍ, SÍ, DONDE LOS BÓLIDOS...
Y LOS DE LA PARTE DE EN MEDIO, MÉXICO, PUES SE ACOSTUMBRARON AL RANCHO DE LOS CHIHUAHUAS CHIQUITAJOS...
7-B

¡LOS DE ESPAÑA, QUE NO SE SABE SI VAN DE INCÓGNITO, SI HAN PILLADO LA GRIPE, SI...!
¿ESTÁN AÚN POR AHÍ LOS TIPOS ESOS DE LA T.I.A.? ¿ESTÁN?
YO NO LOS VEO...
Y LOS TIPOS ESOS DE LA T.I.A. QUE SÍ ESTÁN... ¡VAYA SI ESTÁN! ¡ESTÁN YA DENTRO DEL ESTADIO!
¡VENGA, AL TANTO POR SI DESCUBRIMOS ALGÚN MOSQUITO SALVAJE DE ESOS! ¡ABRA BIEN EL OJO!
¡ABIERTO DEL TODO, JEFE!
¡AH; PUES LLEGAR Y BESAR EL SANTO! ¡MIRE QUÉ MOSQUITAJO, MIREEE!
¡ENORME! ¡TIENE QUE SER DE LOS SALVAJES! ¡HAY QUE ELIMINARLO!
BZZZZZZZZZZZ
SE LE HA PARADO AL ÁRABE ESE BAJO EL TURBANTE... ¡VOY A COMETER UN MOSQUITICIDIO!
¡TOMA YA, INSECTO REPUGNANTE! ¡VETE A PICARLE EL TRASERO A UNA GORRINA!
PTAF!
8-A
¡AH! ¡E... E... EL JEQUE!
¡RAAAARG! ¡UNO DE LOS DE LA T.I.A. ESA! ¡SE HA ATREVIDO A SACUDIRME! ¡Y ME HA LLAMADO INSECTO REPUGNANTE!
¡A MÍ!
¡ATRAPADLOS! ¡AZOTADLOS! ¡COLGADLOS! ¡ACHICHARRADLOOOS!
¡VAMOS, VAMOS, SI HA SIDO UN CACHETILLO DE NADA! DIGO YO QUE...
¡NO DIGA NADA Y DELE A LA PATA! ¡DELEEEE!
¡DESAPARECIDOS! ¡HABRÁ QUE TRAER A LOS PERROS Y...!
¡A LOS LEONES! ¡A LOS TIGRES! ¡A LOS BÚFALOS!
WC
¡PFFF! PASÓ EL PELIGRO, JEFE... SUERTE QUE LLEVABA EL DISFRAZ DE ALIVIARRETAGUARDIAS, ¿EH?
¡SÍ, UNA SUERTE LOCA! ¡GRFTJX!
8-B

EL JEQUE YA ESTÁ EN SU PALCO Y EL MOSQUITO GORDO HA DESAPARECIDO...
¡JE! ¡CON EL TORTAZO QUE LE DI, YA DEBE ESTAR EN LA CAPILLA MOSQUITERA!
BUS STOP
HA EMPEZADO EL PARTIDO... OREJONIA CONTRA NARIGOSKIA... LLENAZO DEL TODO... ¡VA A SER PELIAGUDO DESCUBRIR OTRO MOSQUITO!
¡QUÉ VA, QUÉ VA! TENGO MI CATALEJO DE SIETE MIL AUMENTOS... ¡CON ÉL PUEDO DIVISAR UN CANGREJO EN LAS AZORES, DESDE LA CORUÑA!
¡AH! ¿QUÉ VEO? ¡UN MOSQUITO SE LE HA PUESTO EN LA NARIZ AL DEFENSA DEL NARIGOSKIA!
BZZZZZZ
¡VOY A POR ÉL ANTES DE QUE LE SACUDA UN PICOTAZO!
¡AL TANTO! ¡NO LO PULVERICE DE OTRO TORTAZO Y...!
9-A
¡QUE NO, JEFE, QUE TENGO YO OTROS SISTEMAS!
PTCHOF
¡AGH! ¡AH! ¡OUAAAAH!
¿PERO QUÉ HA HECHO, PEDAZO DE MULA? ¿QUÉ HA HECHOOO?
HOMBRE, USTED ME DIJO QUE NO LE SACUDIERA OTRO TORTAZO... YO...
¡RAYOS; OTRA VEZ LA GUARDIA DEL JEQUE INTENTANDO EL DESPELLEJO! ¡CORRAAAA!
PARECE QUE NOS HAN COGIDO HINCHA, ¿EH, JEFE? ¿POR QUÉ SERÁ?
¡VOLARON! ¡HABRÁ QUE TRAER LAS HIENAS! ¡OLFATEAN A LOS GORRINOS DESDE UNA HORA LEJOS!
9-B

¡SE FUERON! OTRA VEZ SALVAMOS EL PELLEJO, ¿EH, JEFE? ¡SALIMOS INDEMNES DEL TODO!
¡DEL TODO!
¡GRFTJX!
¡HEMOS DE ANTICIPARNOS AL PICOTAZO! ¡HAY QUE ACTUAR ANTES DE QUE EL MOSQUITO ATAQUE!
¡ESO ESTÁ HECHO! TENGO AQUÍ EL DETECTOR DE ZUMBIDOS...
BIP BIP BIP BIP
¡DETECTADO! ¡ZUMBIDO A CUATRO PASOS TIRANDO P'ALANTE! ¡VAMOS ALLÁ!
BIP BIP BIP
¡ESCUCHE, ESCUCHE, SALE DE LA CARTERA DEL ÁRABE ESE! ¡LLEVA EL MOSQUITO PREPARADO PARA SOLTARLO EN EL TERRENO DE JUEGO!
BZZZZZZZZZZ...
¡PERO TÚ NO SUELTAS NI UN REGÜELDO AL HINCHARTE DE GASEOSA! ¡TOMA YA!
PTAF!
10-A
¡PTUF!
¡Y EL MOSQUITAJO, DIRECTO P'AL OTRO BARRIO! ¡TE CHAFAMOS EL PLAN, ¿EH?!
BZZZZZZ
TROMP TROMP TROMP
¡LO QUE ME HAS CHAFADO ES EL MÓVIL! ¡SOLO LE HA QUEDADO SANO EL ZUMBIDO DE LLAMADA!
MO... MORTADELO... NO SE QUEDE AHÍ PARADO... VAYA MOVIENDO LA PATA...
BZZZZZZZZZ...
NO LA MOVIÓ A TIEMPO... LO PILLÓ POR EL PESCUEZO... ¡MADRE, QUÉ APRETADAAAA!
¡ÑG!
¡AAAAARGJJJ!
¡GJÑPJJJJ!
¡QUE SÍ, QUE SÍ, QUE TIENE DOLOR DE GARGANTA! ¿UNA PASTILLITA PARA LA RONQUERA?
VOLVAMOS AL GRADERÍO... Y NO NOS FIEMOS SOLO DEL "BZZZZ...". ¡PUEDE SER UN REFLUJO INTESTINAL!
10-B

QUE SÍ, QUE SÍ, LO TENGO JUNTO A LA ENTRADA... EN UNA CAJA... ¡TÉCNICO EN EL PICOTAZO!
VEO EL OBJETIVO, LO SUELTO, VUELA HACIA ÉL DISPARADO Y ¡PTCHAF! ¡PICADA EN EL COGOTE, ANIQUILACIÓN Y A OTRA COSA!
¿HA OÍDO ESOOO? ¡LANZA EL MOSQUITO, PICOTAZO Y ANIQUILACIÓN! ¡ESTÁ CLARO DEL TODO, ¿NO?!
¡CLARINETE! ¡SON BESTIAJO-HITAS! ¡HAY QUE TERMINAR CON ELLOS Y CON EL MOSQUITO! ¡VAMOS!
¡USEMOS EL PLAN TREINTA Y SIETE JOTA, JEFE!
¡AH, SÍ, EL DE LAS MONEDITAS! ¡AHÍ VAN!
¡HEY, QUE SE LES VAN CAYENDO LOS RIALES! ¡DEBEN TENER UN AGUJERO EN LA BATA ESA, EN LA CHILABA!
11-A
¿NOSOTROS? PUES NO SÉ...
BUENO, MIRA, LOS AGARRAMOS Y AL SACO. ¡JE, JE!
¡ESO, ESO, YA ESTÁIS EN EL SACO! ¡TOMAD PICOTAZO Y TENTETIESO!
PLONCH!
SPLATCH!
¡GLGLGL..!
¡JÑJÑJÑ..!
¡VENGA, TERRORIS-TAS DE LA BOÑIGA! ¿DÓNDE TENÉIS LA CAJITA ESA?
¿QUÉ... QUÉ TERRORISTAS NI QUÉ GAITAS? ¡SOMOS LOS DESRATIZADORES DEL ESTADIO! ¡Y LA CAJA ES ESA!
¡RAYOS! ¿QUÉ MOSQUITO LLEVÁIS AHÍ? ¿UN CRUCE CON HIPOPÓTAMOOO?
11-B

¿MOSQUITOOO? ¡AQUÍ VA CARNICERO! ¡EL BUITRE QUE SE ENCARGA DE LIQUIDAR LOS RATONES DEL ESTADIO!
¡Y VAYA SI VA A LIQUIDAR RATONES! ¡RATAS INMUNDAS! ¡A POR ELLOS, CARNICERO! ¡PICA, PICA!
¡GRRRRÑEECK, PRRRRIACK, PIOCK!
¡MORTADELO! ¡ÉCHEME UNA MANO! ¡NO HUYAAAA!
¡SÍ, PARA QUE ME PIQUE EL OMBLIGO! ¡ANDE YA!
YA VOLÓ, JEFE... HALA, HALA; SON UNAS PICADITAS DE NADA... ¡UN POCO DE VASELINA Y COMO NUEVO!
¡VAMOS DE UNA VEZ AL GRADERÍO A VER SI DETECTAMOS ALGÚN MOSQUITO! ¡LOS OJOS BIEN ABIERTOS!
¡QUE SÍ, JEFE, QUE TENGO A PUNTO EL DISFRAZ CON OJOS DE LECHUZO!
12-A
MIRE, EL "NARIGOSKIA" CONTRA "OREJONIA" ESTÁ EN TODO SU APOGEO...
SÍ... JUEGO ELEGANTE, PASES ESTILISTAS, NOBLEZA Y DISTINCIÓN...
12-B

¡Y MOSQUITO A LA VISTA! ¡IGUAL ES DE LOS VENENOSOS! ¡A LIQUIDARLO!
BZZZZZZZ...
¡BIEN, PERO NADA DE BOFETADAS NI LADRILLAZOS, ¿EH?!
¡QUE NO, QUE TENGO EL PISTOLÓN CON RADAR DETECTOR Y OSCILOSCOPIO CATALÍTICO!
¡AJ! ME DUELE ESTA MUELA... NO SÉ SI HABRÁ QUE EXTRAERLA...
BZZZZZZZZ
BANG!
¡¡AAAAAJ!
¡AARGH!
¡MI MUELA! ¡ELLOS! ¡SON ELLOOOS!
¡ATENTADO CONTRA EL JEQUE! ¡LA GUARDIA! ¡AL ATAQUE!
13-A
OSCILOSCOPIO CATALÍTICO... ¡A USTED LE VOY YO A HACER OSCILAR LA SESERA! ¡DE UN TORTAZO!
HOMBRE JEFE, YO... EL MOSQUITO...
¡POR LAS BARBAS DEL PROFETA! ¡SE HAN VUELTO A ESCABULLIR!
¡BUSQUEMOS Y MATEMOS! ¡MATEMOS!
¡PFIUUU! SUERTE DE MI DISFRAZ DE LOSA, ¿EH, JEFE?
¡SÍ, UNA SUERTE LOCA!
¡GÑA!
¡EL MOSQUITO! ¡EL MOSQUIIITO! ¡Y EL PARTIDO YA HA TERMINADO... SALE DEL ESTADIO...!
BZZZZZZZZZZ...
13-B

¡NO IRÁ MUY LEJOS! ¡DÉJEMELO A MÍ, DÉJEMELO!
¡BUF! AL FIN TERMINÓ EL PARTIDO... YA ME DOLÍA EL TRASERO... EN EL COCHE LO LLEVARÉ BLANDITO...
BANG!
¡GIAAAARJ!
¡OTRA VEZ ELLOS! ¡ELLOS! ¡ATRAPADLOS! ¡LANZADLOS A LOS BUITRES! ¡A LOS LEONES! ¡LOS COCODRILOS!
¡MI DISFRAZ DE AVIONETA! ¡AGÁRRESE BIEN, JEFE!
14-A
¡HALA! SEGUNDA, TERCERA, DIRECTA... ¡VOLANDO P'ARRIBA!
¡P'ABAJO! ¡QUE NOS VAMOS P'ABAJOOO!
¡HUY, SÍ, QUÉ DESCUIDO! ¡EL LLENO! ¡OLVIDÉ HACER EL LLENO!
TRONCH!
¡ANDA, MIRE, SI ES EL JEQUE ESE! BUEN HOMBRE, ¿EH? ¡HA EVITADO QUE NOS SACUDAMOS EL TASTARRAZO PADRE!
¡CÓMO SE HA PUESTO EL ANDOBA ¿EH?! AHORA QUE EMPEZÁBAMOS A CONOCERNOS...
¡CALLE, CERNÍCALO! MIRE QUE OLVIDAR HACER EL LLENO... A VER SI CONECTO CON EL SÚPER...
14-B

¡NOS LIBERARON! EL SÚPER HABLÓ CON EL MINISTRO DE ASUNTOS EXTRA-GALÁCTICOS Y CONCERTARON UN RESCATE...
¡AH! TRATÁNDOSE DE NOSOTROS, HABRÁN PAGADO UNA FORTUNA... UNA MILLONADA DE EUROS, ¿EH?
¡PCHE! UNA RECETA DE CALAMARES A LA VIZCAÍNA Y UNA LATA DE LENTEJAS DE LA ABUELA... ¡Y AÚN HUBO REGATEO Y PERDONARON LA LATA!
BUENO, HOY TOCA IR AL QATAR THAJA STADIUM... CUARTOS DE FINAL... ¡A VER SI ATRAPAMOS A LOS BESTIAJOHITAS DE LOS MOSQUITOS!
PASANDO POR TAQUILLA, CLARO... ¡EL SÚPER SOLO NOS DIO VALES PARA BOLSAS DE PATATAS Y KIKOS! ¡Y CADUCADOS!
¡TRANQUILO; PASAREMOS VOLANDO!
¡AH, NO! ¡OTRA VEZ SU DISFRAZ DE AVIONETA, NI HABLAR!
15-A
¡NO HOMBRE, EL DE COTORRA! ¡TENGO OTRO PARA USTED!
¿VE? ¡HALA, DELE AL ALA, DELE! ¡JE, JE! ¡ESTO ES UNA EXPERIENCIA ELECTRIZANTE!
RANG!
SÍ, HAN PUESTO UNOS DETECTORES ELÉCTRICOS PARA QUE NO PASEN LAS COTORRAS, QUE DEJABAN EL ESTADIO, HECHO UN ASCO DE CAQUITAS...
¡GRFTJX!
HABRÁ QUE ECHAR UNA OJEADA AL GRADERÍO, A VER SI ALGUIEN SUELTA MOSQUITOS...
15-B

SÍ, DESDE EL CÉSPED SE DOMINA BIEN Y...
¡CLARO! Y DIREMOS QUE SOMOS EL ROMUALDO Y EL MISSI, ¿NO?
¡QUITE, QUITE! DESDE LA HIERBA, CON MI DISFRAZ DE ORUGA, PASARÁ DESAPERCIBIDO DEL TODO.
¿EH? ¿QUÉ ME DICE? AHÍ, ENTRE LOS HIERBAJOS, NADIE REPARARÁ EN UN GUSANILLO QUE...
SÍ, AQUÍ LA HIERBA ESTABA UN POCO ALTA. QUE LUEGO, LOS ENTRENADORES SE PONEN COMO UNA MONA Y...
TRRRRRRRRR...!
¡GÑ!
¡CORCHO, JEFE, LA IDEA ERA BUENA! ¡NO LE IBA A DEJAR EL DISFRAZ DE RINOCERONTE!
16-A
¡QUIETO! ¡PARAO! ¡MI CONDUCTO OREJERO CAPTA CONVERSACIÓN SOSPECHOSA!
¡EL DE LA BARBA! ¡LE DICE AL OTRO QUE LLEGA SOLTANDO MOSQUITOS EN CANTIDÁ!
¡UN BESTIAJO-HITA, SEGURO! ¡PUES HAY QUE AGARRARLOS!
¡PLAN JOTA CUARENTA Y SIETE, JEFE!
¡HEY, PAREJA, FEZ Y TURBANTE, EMPRENDEN VUELO RASANTE!
¡Y LOS REEMPLAZA UN LADRILLO, EN MITÁ DEL COLODRILLO!
CLANG
CLONC
¡QUE OS DETECTÉ LA CONVERSA, TÍOS! ASÍ QUE LLEGAS SOLTANDO MOSQUITOS, ¿EH?
16-B

¿MOSQUITOS? ¡MOQUITOS! ¡QUE LLEGO SOLTANDO MOQUITOS! ¡PORQUE PILLÉ UN GRIPAZO DE CAMELLO!
¡Y NOSOTROS TAMBIÉN SABEMOS DE VERSITOS! ESCUCHA, ESCUCHA... AL BIPELO Y AL PELADO...
PTAF!
¡... TORTAZO VITAMINADO!
POF!
"CONVERSACIÓN SOSPECHOSA... MOSQUITOS EN CANTIDÁ...". ¡AGUARDE, QUE LE DESEMBOZO EL CONDUCTO OREJERO ESE!
¡DEJE, DEJE! ¡QUE YO LO DESEMBOZO CON SALFUMÁN Y EL MOCHO! ¡CÁLMESEEE!
17-A
¡AH; QUIETA LA PATA! ¡ESTA VEZ SÍ QUE SÍ! ¡LLEVAN MOSQUITOS MASTODÓNTICOS, OIGA! ¡DE CUARTO DE KILO POR UNIDAD!
LOS REPARTIREMOS EN LA MEDIA PARTE... ¡QUINIENTOS EJEMPLARES, MIRA! ¡Y QUE PICAN LO SUYO!
¡QUINIENTOS EJEMPLARES! ¡Y MENUDO CAJÓN! ¡DEBEN SER DE LA TALLA SETENTA Y OCHO!
¡PUES HAY QUE ANIQUILARLOS, EXTERMINARLOS... ¿LLEVA MOSQUITICIDA ENCIMA?
NO, PERO LLEVO BOMBA INCENDIARIA DE CATORCE MEGATONES...
¡HALA; LES VA A QUEDAR EL AGUIJÓN COMO SALCHICHA REFRITA!
WHAM
17-B

¡RAYOS, SON LIBRACOS! ¡LIBRACOS DE ESOS CON TODO DE HOJAS! ¡Y REQUEMADOS COSA MALA!
¡CLARO; ES UNA EDICIÓN PARA CRITICAR ESTO DEL MUNDIAL DE FÚTBOL! ¡QUE LES PICARÁ LO SUYO A LOS ORGANIZADORES!
"MUNDIAL DE FÚTBOL...". ¡MUNDIAL DEL PATADÓN Y LA COZ PELOTERA! ¡COMO MULAS, BORRICOS Y OTRAS CABALLERÍAS!
¡Y LOS HAN ACHICHARRADO! ¡ESTO MERECE VENGANZA FIERA!
¡TOMAD FUEGO PURIFICADOR, SANTIFICANTE Y DETERGENTE! ¡TOMAD! ¡TOMAD!
¡MORTADELOOO! ¿LLEVA ALGÚN EXTINTOOOR?
¡SÍ, EN EL BOLSILLO DEL CHALECO! ¡ANDE YA!
FLOASH!
18-A
OIGA, QUE NO ACERTAMOS UNA, ¿EH?
NO, PERO YO TENGO LA SOLUCIÓN!
SI SUELTAN ALGÚN MOSQUITO, LLEVO AQUÍ AL ENEMIGO ACÉRRIMO DE ESOS BICHARRACOS...
¿SÍ? ¿QUÉ ES? ¿ALGÚN ESCARABAJO PELOTERO? ¿UN GRILLO CEBOLLERO?
¡QUITE, QUITE; UN AVISPÓN ATRAVIESAMUROS: ¡PUES MENUDO AGUIJÓN TIENE!
DJIAOIIIIIII...
TCHAC!
¡OUAAAAAH!
¡AY! ¡RAAARGH!
18-B

AVISPÓN "ATRAVIESA-MUROS"... ¡LE VIÁ ATRAVESAR YO ESE MURO QUE TIENE EN EL CEREBELO! ¡LE VOY A...!
¡AL TANTO, JEFE! QUE MI AVISPÓN ATACA AL MOSQUITO TIGRE, YA SABE, EL QUE SIEMPRE PICA POR LO BAJINES...
¿CÓMO QUE "POR LO BAJINES"? ¿DÓNDE ESTÁ AHORA? ¿DÓ...?
¡AH!
¡AH!
¡IAAAAARRGH!
TCHAC!
¡CORCHO, JEFE, TAMBIÉN ES MALA SUERTE! ACERTAR EN UN GUSANEJO TAN MINÚSCULO... ¡REPRÍ-MASEEEE!
19-A
¡RAYOS, MIRE, OTRA VEZ EL JEQUE! ¡HA VENIDO A VER LA SEGUNDA PARTE!
PU... PUES POR AHÍ ANDA SU AVISPÓN DE LAS NARICES... ¡POR AHÍ...!
SÍ JEFE, POR AHÍ... ¡POR AHÍ!
¡BUF! OTRA VEZ A DEJARME VER Y OÍR... YA ME PICA LA RABADILLA DE TANTO SENTARM...
DJIAOIIIIIIIIIIII...
¡RAAAAAARGH!
JIAOIIIIIII...
TCHAC!
¡UN AVISPÓN, EXCELENCIA! ¡DE LOS QUE ATACAN POR EL FLANCO SUR!
¡YO HE VISTO A ESOS DOS TIPARRA-COS MANGONEAR POR AHÍ! ¡IGUAL SON COLEGAS DEL AVISPÓN!
¿ESOS DOS...? ¡ELLOS!
¡SON ELLOS!
19-B

¡COGEDLOS! ¡DIRECTOS A LA PARRILLA! ¡AL FONDO DEL MAR! ¡AL RANCHO DE LOS COCODRI-LOOOS!
¡JE! AQUÍ NO ES QUE TRATEN MUY BIEN A LOS TURISTAS, ¿EH, JEFE?
¡CIERRE EL PICO Y DELE A LOS TENTÁCULOS! ¡DELEEEE!
¡RAYOS, SE HAN ESFUMADO!
¡AHORA QUE TENÍA BIEN AFILADITO EL BOLI...!
¡BUSQUEMOS! ¡QUE YO TENGO A PUNTO LOS TRASTOS DEL TRABAJO!
¡JE, JE! ¡ES QUE ME SIENTA DE MARAVILLA EL DISFRAZ DE CHORRITO!
EN CAMBIO, EL DE CHORRETE LE DA TRES PATADAS AL JEFE... ¡ANDE, JEFE, PÁSESE LA BAYETA!
¡GRFTJX! SU AVISPÓN DE LAS NARICES...; ¡AHORA REVOLOTEA POR EL TERRENO DE JUEGO! ¡HAY QUE JUBILARLO COMO SEA!
20-A
¡TENGA, JEFE, EL ERE, EL EXPEDIENTE REGULADOR DE EMPLEO! ¡PÁSELE EL COMUNICADO URGENTE!
SIN ENTRAR EN EL TERRENO DE JUEGO... DESDE AQUÍ, DESDE LA BANDA, EN CUANTO SE ARRIME...
¡POR AHÍ LLEGA EL MALDITO! ¡POR DELANTE DEL BESTIAJO ESE DE LA BOTA...!
DJIAO!!!!!!!!!...
¡TOMA YA... AH! ¡ESCAPÓ EL MALDITO!
¡NGA!
PTCHAF!
¡NO; EL "MALDITO" NO HA ESCAPADO! ¡EL "MALDITO" AGRADECE HORRORES TU REGALITO...!
¡PERO AQUÍ NO SE ACEPTAN SOBORNOS, ¿SABES?! ¡TOMA, TOMA; DÁSELO A TU TÍA!
PLATCH
20-B

¡NGAAAA, ART, RAAAARGL!
¡HALA, JEFE! ¿QUÉ LE PASA EN LA CARA? YO SABIA QUE LA TIENE DURA, DE LADRILLO, PERO...
¡VALE, VALE, NO HE DICHO NADA! ¡RELÁJESE, CARAY! ¡RELAJJJ...!
¡PTOF!
¡JEFE! ¿PERO QUÉ HACE? ¡QUE SE CALME! ¡QUE SE CA...!
¡... AAAAJ! ¡ESTO ESTÁ LLENO DE ORUGAS, SABANDIJAS Y OTROS BICHARRACOS! ¡SÁQUEME DE AQUÍÍÍ!
¡AJÁ, SOLO ANTE LA PORTERIA! ¡GOL SEGURO! ¡ALLÁ VA!
¡JO, QUÉ RATO! MENOS MAL QUE ME DA EL AIRECITO EN EL ROSTRO Y...
21-A
¡ANG!
¿
PTAF!
¡ERA GOL SEGURO! ¡ES UN GUSARAPO PAGADO POR LOS CONTRARIOS! ¡YO LO DESPACHURROOO!
¡GÑ!
¡OTRA VEZ ELLOS! ¡ELLOS! ¡ATADLOS A UN CAMELLO! ¡QUE CORRA POR LA CHUMBERAAAA!
¡SALGAMOS DE AQUÍ! ¡QUE VUELVE LA GUARDIA DEL JEQUE! ¡TROTE COCHINEROOO!
¡PFFFFF! VOLVIMOS A DARLE ESQUINAZO... ¿CÓMO VA EL BALONAZO? ¿LOS DIENTES SANOS?
PUEF NO FÉ... EFPERE QUE LOF CUENTE TODOF... TREF, CUATRO, FINCO, FEIF...
21-B

PUEJ JÍ, JEFE, EJTÁN TODOJ... EJPERE QUE LOJ JUJETO...
RACK
RECK
ROCK
¡HAY QUE VOLVER A ENTRAR! A VER SI DESCUBRIMOS DE UNA VEZ A LOS BESTIAJOHITAS Y SUS MOSQUITOS SALVAJES...
CLARO QUE SI NOS ECHAN EL OJO LOS PORTEROS...
¡QUE NO, MIRE! EL PARTIDO YA HA TERMINADO... LA GENTE ESTÁ SALIENDO EN TUMULTO, A BARULLO, A LO REBAÑO...
¡ENTRAREMOS DE CULO Y PARECERÁ QUE SALIMOS!
¡AH! ¿USTED CREE QUE RESULTARÁ? ¿CREE QUE...?
¡PUES LO QUE USTED CREA PODÍA COLOCÁRSELO EN LA RABADILLA! ¡MIS COSTILLAS! ¡AY! ¡AAAAAAGH!
22-A
HOMBRE, LA IDEA ERA BUENA, JEFE... PASA QUE...
¡QUE CIERRE EL PICO! ¡IAGH! ¡TENGO EL ESÓFAGO TRAS EL OJO IZQUIERDO!
¡BUSCAREMOS A MI AVISPÓN, OIGA! SI HAN SOLTADO MOSQUITOS DE ESOS, ÉL LOS DESCUBRIRÁ.
¡YA! ¿Y A ÉL CÓMO LO DESCUBRIMOS? ¿LLAMANDO A SHERLOCK HOLMES?
¡POR EL ZUMBIDO, JEFE! ESE "DJIAOIIIIII" QUE SUELTA... ¡ZUMBA COMO UNA LOCOMOTORA VIEJA!
¿NO LE DIJE? ¡POR AHÍ DENTRO ANDA! ¡YA ES NUESTRO!
DJIAOIIIIIIIIIIIII...
¡TOMA YA! ESTA BOMBITA DE GAS HIDROSULFÁTICO LO DEJARÁ GROGUI MIENTRAS LO AGARRAMOS Y...
BANG!
¡IIIIAAAAJH, TJO, TJO, TJUAAA!
!?
22-B

¡RAYOS! E... ES UN ASPIRADOR DE... DE LIMPIAR... DE ASPIRAR PORQUERÍAS... DE...
DJIAOIIIIIIIIII...
¡EXACTO! ¡Y SUS VIÁ ASPIRAR LA PORQUERÍA QUE TENÉIS TRAS EL OMBLIGO!
¡HALA; PRIMERO EL NEGRO TIRABOMBITAS Y LUEGO, EL SOCIO! ¡MÁXIMA POTENCIA!
NO, OIGA... QUE EL NEGRO, BUENO, PERO YO NO... YO... ¡CÁLMESEEEE!
¡JEFE, ACUSICA DE LA BOÑIGA! ¡HAGA ALGO!
¡RAAARGL!
CLIC
¡ÑIAJ!
¡ME HA ASPIRADO HASTA EL BULBO RAQUÍDEO!
A... A MÍ ME HA HECHO SUBIR EL TOBILLO HASTA LA OREJA...
¡GÑA!
TRRRR...
¡MIRE, EL BESTIAJO LIANTE! ¡AGÁRRELO Y COMETA UN AVISPONCIDIO!
¡SÍ, JEFE!
DJIAOIIIIIIII...
¡VEN ACÁ, PICAJOSO! SUPONGO QUE HABRÁS HECHO TESTAMENTO, ¿NO?
DJIAOIII...
PF!
23-A
¡TOMA BAÑEJO, TÍO! NO ES QUE SEA BENIDORM, PERO REMOJA LO SUYO, ¡JE, JE!
PLUF!
¡LISTOS, JEFE! ¡ESE NO PARA HASTA EL CABO FINISTERRE!
BLAM!
EXCELENCIA, YA TIENE EL COCHE ESPERANDO...
AGUARDA, QUE PRIMERO VOY A CAMBIAR EL AGUA DE LAS OLIVAS...
MUCHO COCHE, PERO SIN WC, Y CUANDO LA COSA APRIETA...
RIIIIIS
¡ÑJ!
DJIAOIIIIIII...
TCHAC!
¡YIAYAAAAARGH!
23-B

¡RAAAARGH!
¡EL AVISPÓN! ¡EL AVISPÓN! ¡ES COSA DE ESAS DOS LOMBRICES DE LA T.I.A.! ¡BUSCADLOS Y DISECADLOOOS!
DJIAOIIIIIII...
¡SUS ÓRDENES! ¡AQUÍ, LA GUARDIA! ¡LISTOS PARA LA ESCABECHINA!
¿OYE ESOS GRITOS? ¡EL AVISPÓN! ¡NO LO LIQUIDÓ BIEN LIQUIDADO! ¡TERMINE DE UNA VEZ CON ÉL!
SÍ, JEFE... ¡ESTE CACHARRETE ES CAPAZ DE DESINTEGRAR UN TANQUE! ¡DÉJEME HACER, DÉJEME!
¡AH, POR AHÍ ASOMA! ¡A PULVERIZAR, A DESTROZAR, A EXTERMINAR!
DJIAOIIIII...
¡YA TE TENGO, BICHARRACO! ¡VAS A CASCAR, MALDITO! ¡POR TORTAZO Y POR NARICES Y...!
DJIIIIIII...
24-A
¡... IH!
PLATCH!
BANG!
DJIAOIIIIII...
¡AGH!
¡MI NARIZ! ¡TRES AGUJEROS! ¡RARGH! ¡A MÍ, LA GUARDIA! ¡ACRIBILLAD A LOS GUSARAPOS ESOS! ¡CAÑONEADLOS! ¡BOMBARDEADLOOOOS!
¡LISTAS LAS CIMITARRAS! ¡A RODAJAS! ¡COMO LOS CHORIZOS! ¡LA PARTE DEL PESCUEZO P'AL GATO!
¡PFFFF! NOS HA IDO DE UN PELO, ¿EH, JEFE? ¿SE ENCUENTRA BIEN?
24-B

¡ME ENCUENTRO A MEDIO DIGERIR! ¡ARJ! ¿NO TENÍA A MANO UN DISFRAZ DE SARDINILLA PARA MÍ? ¿NO LO TENÍA?
BUENO, SEGUIRÉ BUSCANDO AL AVISPÓN Y...
¡USTED SE BUSCA LA MOQUITA! ¡GRF! ¡QUE ME TIENE HARTO!
YA ME ENCARGO YO DE QUE SE DÉ UN GARBEO POR EL OTRO BARRIO... ¡SIN BILLETE DE VUELTA!
AÚN TENGO EL DEDO MOJADITO... Y A LOS AVISPONES LES ATRAE EL AGUA...
ASÍ QUE DEJARÉ QUE SE ACERQUE Y... ¡ME CASCARÉ UN POCO EL DEDO, PERO AL BICHARRACO LO PLANCHO!
EL JEFE ME SUELTA MIRADAS ASESINAS POR CULPA DEL AVISPÓN... SI PUDIERA LIQUIDARLO... ¡AL AVISPÓN, DIGO!
DJIAO!!!!!...
¡SI ESTÁ AHÍ! ¡PREPARADO EL LANZALLAMAS!
25-A
¡FUEGO A DISCRECIÓOOON!
FLOASH!
¡GÑIIAAAARJ!
¡JE... JEFE!
¿Y PARA QUÉ PONE EL DEDO EN UN MACETÓN? ¡HABÉRSELO PUESTO BAJO LA RABADILLA! ¡NO SEA BESTIAAAA!
VENGA, VAMOS A DORMIR. ¡MAÑANA SEGUIREMOS BUSCANDO!
DOS HABITACIONES... NO, DE PULGAS NADA. ¡JE, JE! ALGUNA AVISPILLA SI ACASO...
RECEPTION
YO CREO QUE NO DEBIMOS... ATARLE UN PIE AL ASCENSOR Y EL OTRO AL SÓTANO... NO ESTUVO BIEN, DIGO YO...
¡QUE SE CALLE!
25-B

VENGA; HOY JUEGAN BURRISLAVIA CONTRA TRASEROLANDIA... VAMOS A VER SI ATRAPAMOS A ESOS BESTIAJOHITAS Y SUS MOSQUITOS...
¡VAYA, HOMBRE, SIEMPRE ESTÁ EL ASUNTO DE LA ENTRADA!
¡JE! AHORA AL BESTIAJO DEL PORTERO LE LLAMAN "ASUNTO"...
¡PERO TRANQUILO! YA ME OCUPO YO DEL "ASUNTO" ESE.
¡HEY! ¡INSPECTOR GENERAL DE CALZONCILLOS Y TAPACOCOS!
EL FEZ ESE QUE LLEVAS PARECE UN YOGUR DEL REVÉS... TIENES QUE USAR OTRO MÁS DIGNO, MÁS ESBELTO, COMO ESTE...
¡JO! PAREZCO LA CHIMENEA DE UN CHURRERO, PERO EN FIN...
26-A
¡CLONC!
ZIIIIP...
¡"ASUNTO" RESUELTO, JEFE! ¡JE, JE! ¡HALA; VAMOS A BUSCAR BESTIAJOHITAS!
SÍ, PERO HAY QUE VIGILAR DESDE EL TERRENO DE JUEGO... Y SE NOS VE EL PLUMERO... Y...
¡NADA; UN DISFRACETE DE LOS MÍOS!
¡CLARO! EL DE ORUGA, ¿NO? ¡QUE ME VUELVA A PASAR EL CORTACÉSPED POR EL ESPINAZO, COMO EN LA PÁGINA 51 Y...!
¡QUE NO, QUE NO, EL DE BALÓN! EN UN CAMPO DE FÚTBOL ES NORMAL QUE HAYA BALONES, ¿NO?
PUES SÍ; MIRE...
¡HALA! ¿VE? ¡DESAPERCIBIDO DEL TODO! AHORA MIRE PARA ARRIBA, A VER SI DETECTA ALGÚN BESTIAJOHITA TIRANDO MOSQUITOS...
26-B

¡A VER, BALONES A PUNTO! ¡A ESE QUE YO LO VEO ASQUEROSITO, METEDLE PRESIÓN!
SÍ... DALE A LA VÁLVULA, ALI... ¡PRESIÓN A MANTA!
¡VEINTISIETE ATMÓSFERAS Y MEDIA! ¡HINCHANDO!
¡UH! BIRRIA DE BALÓN... ¡DESPACHURRADO DEL TODO!
DEBE SER DE TODO A UN EURO... ¡TÍRALO AL CONTENEDOR!
BANG!
"DISFRAZ DE BALÓN..." ¡GRFTJX! ¡LE VOY A DISFRAZAR YO DE CARROÑA PUTREFACTAAAA!
¡CORCHO, JEFE, A VER SI QUERÍA EL DISFRAZ DE GLOBO TERRÁQUEO! ¡TÍO EXIGENTE!
¡YA VIGILO YO, JEFE! ¡CON MI DISFRAZ DE PALO DE PORTERÍA, NO CORRO NINGÚN PELIGRO!
27-A
¡JO, QUÉ CHUT! ¡QUE SE ME CUELA POR EL PALO! ¡A POR ÉL!
CROCK!
¡ÑG!
¡QUÉ CASTAÑAZOOO! PERO... ¿Y EL PALO? ¡HA DESAPARECIDO EL PALO!
TA... TAMBIÉN HA FALLADO, JEFE... HABRÁ QUE ENCARGARLE LA VIGILANCIA AL FBI...
AÚN ME QUEDA EL DISFRAZ DE MEJUNJE DE BOTIQUÍN... MIRE, AHÍ ESTÁ EL MALETÍN CON TODOS LOS POTINGUES...
ME PONGO EL DE FRASCO ANTIGOLPES... EL DE MASAJE PARA EL PUNTAPIÉ, EL CHUPINAZO...
27-B

SÍ, UNA PATADA HORROROSA... ¡AY! UN PUNTAPIÉ... UN CHUPINAZO EN TODA LA RABADILLA...
¡TRANQUILO; AHÍ EN EL BOTIQUÍN HAY UN FRASCO ANTIGOLPES PARA DAR UN MASAJE...
¡TAMPOCO VALE, JEFE! ¡TAMPOCO! UN MASAJE EN EL... EN EL... ¡LARGUÉMONOS DE AQUÍÍÍ!
¡VOLVAMOS ANTES DE QUE TERMINE EL PARTIDO! ¡BÚSQUESE UN DISFRAZ QUE CUAJE!
SÍ... EL DE HUEVO FRITO, MIRE...
¡RAYOS, UN PORTERO MÁS PAQUIDERMO QUE EL DE ANTES! ¡LA JOROBAMOS!
¡QUÉ VA, JEFE, MÍRELE LAS PATAS! ¡NI EL ARCO DEL TRIUNFO!
¡LE HAGO MIRAR PARA ARRIBA, USTED PASA POR DEBAJO Y LUEGO ME CUELO YO, DISFRAZADO!
28-A
¡EH; MIRE, MIRE! ¡UNA NUBE CON BARBA Y BIGOTE!
¿SÍ? ¿DÓNDE, DÓNDE...?
ES EL MOMENTO... ¡P'ADENTRO!
¡SERÁ EL ESPÍRITU DEL CALIFA MUSTAFÁ! PUES HAY QUE AGACHAR LA CABEZA EN SEÑAL DE RESPETO Y...
Y... Y... ¡EH! ¿PERO QUÉ... QUIÉN... CÓMO...?
¿PERO CÓMO TE ATREVES, LAGARTIJA INMUNDA? ¿CÓMO?
NO, SI YO ANDABA DISTRAÍDO...
YO... ME... ME HUELO QUE EL JEFE VA A CAUSAR BAJA TEMPORAL... O INDEFINIDA... O PERENNE...
¡YA HAGO YO BIEN EN USAR BABUCHAS CON HERRADURA! ¡TOMA CARICIA DE PATA!
¡TOMA!
TROMP!
28-B

¡JEFE! ¿YA HA ECHADO EL FRENO? ¿SE ENCUENTRA BIEN?
¡PCHE! UNA PIZCA DE MIGRAÑA... DE JAQUECA...
¡PERO LE VIÁ ENSEÑAR YO OTRO TRUQUITO PARA PASAR ENTRE LAS PATAS! ¡DE UN ELEFANTE TRIPUDO!
NO, SI LA CULPA LA TIENE SIEMPRE UNO... ¡EL MÁS CHIQUITITO! ¡EL MÁS INOCENTE!
¡CONTENGA SUS IMPULSOS CAFREMULEROS, JEFE! ¡TENGO OTRA IDEA PARA ENTRAR!
¿OTRA IDEA? ¿OTRAAAA?
¡LA CATAPULTA, JEFE! ¡MIRE, ESTA SEÑAL SERVIRÁ!
¡UNA SEÑAL DE PROHIBIDO APARCAR! ¡ESA SEÑAL SOLO SIRVE PARA PONER MULTAS!
¡QUE NO, QUE NO! USTED SE SUBE EN LA PLACA, YO LO SUELTO Y ¡ZAS! ¡PASA POR EL LADO DE ARRIBA!
BUENO, PERO COMO ESTO TAMBIÉN FALLE... ¡COMO FALLE...!
¡QUE NO HAY FALLOS, JEFE! ¡LISTOS PARA VOLAR!
29-A
¡ALLÁ VA...
...AH!
CRAANCH!
¡JE... JEFE! ¿ME OYE? ¡JEFEEE!
BUENO, POR LO MENOS HA ENTRADO, ¿NO? ¡DE ESO SE TRATABA!
¡QUE CHÍ, HONGBRE, QUE CHÍ!
Y A USTED TAMBIÉN LE VAN A AYUDAR LO SUYO LAS SEÑALITAS DE TURNO...
GOL SUR
PERO JEFE... ¿POR QUÉ ARRANCA LA SEÑAL ESA? ¿QUÉ...?
CREC
CRIC
RAC
¡DEJDE LUEGO, JEFE, EJ UJTED EL JUJETO MÁJ RENCOROJO Y RETORJIDO QUE HE CONOJIDO JAMÁJ!
GOL SUR
29-B

AHÍ ESTÁN EN PLENA PATALETA... HABRÁ QUE PENSAR EN ALGÚN DISFRAZ PARA VISUALIZAR DESDE EL CAMPO...
¡AH, NO; OTRA VEZ DE BALÓN SE VA A DISFRAZAR SU TÍA!
BUENO, USTED SE QUEDA AQUÍ TAL CUAL, DE PASMAROTE. YA ENTRARÉ YO.
¿DISFRAZADO DE QUÉ? ¿ESTORNINO DE LUTO? ¿CUERVO CON GAFAS?
¡QUITE, QUITE; MIRE EL JUGADOR PELUDO ESE! ¡ME PONGO UN PELUQUÍN Y PASO POR ÉL!
¡CLARO! DOS TIPEJOS IGUALES EN EL TERRENO, ¿NO?
¡QUÉ VA! OBSERVE, UN PEQUEÑO RECLAMO...
!
?
PLONC!
30-A
¡GLGLGL...!
¡HALA, UNOS MINUTOS DE DESCANSO! ¡AHORA ENTRO YO DE MEDIO VOLANTE CENTRAL IZQUIERDO, DE-LANTERO DEFENSIVO!
IRÉ MIRANDO P'ARRIBA, A VER SI DESCUBRO...
¡PERO DISIMULE! ¡HÁGASE CON LA PELOTA!
¡VALE, JEFE, YA LA TENGO! ¿Y QUÉ HAGO CON ELLA?
¡CON LAS MANOS NO! ¡QUE ESTO NO ES RUGBY! ¡CON LOS PIES!
PUES HIJO, SI LA AGARRO CON LOS PIES, ME VOY A PEGAR UNA MORRADA QUE...
TRIIIIIIIIIT...
¡HEY, MIRE EL TIPO ESE! ME LARGA UNA TARJETA... LE DOY YO LA MÍA, QUE VEA QUE ESTOY BIEN EDUCADITO, ¿NO?
30-B

¡ES LA TARJETA AMARILLA! ¡LE VAN A ENVIAR A LA COCHINCHINA! ¡MUEVA EL BALÓN! ¡MUÉVALOOO!
SÍ, JEFE... ¿VA BIEN ASÍ? ¿O LO REBOTO DEL COGOTE A LA RABADILLA?
¡OTRA AMARILLA! ¡CLARO, LE HE DICHO QUE CON LOS PIES! ¡DELE UNA PATADAAAA!
TRRRIIIIIIT!
VALE, JEFE, LO QUE USTED DIGA...
?
¿ASÍ, JEFE? ¿O USO LA POTENCIA DIECISIETE?
PTAF!
¡RAAAAARGH!
¡AL BALÓN! ¡ME REFERÍA UNA PATADA AL BALÓÓÓN!
31-A
TRIOUIIIIIT!
¡LA ROJA! ¡AHORA YA LA ROJA, CLARO! ¡QUE SE SALGA DEL CAMPO!
NO HACE FALTA, JEFE... ¡YA ME SACAN ELLOS! ¡BUENOS CHICOS...!
¡BUENO, NO TAN BUENOS, NO! ¡JEFEEE, HAGA ALGO! ¡VENGA PARA ACÁ!
¡SÍ, NO SE MUEVA! ¡QUÍTESE EL DISFRAZ Y ESPERE, QUE YA VOY! ¡QUE YA... YA...!
YA... YA...
31-B

¡... AAAARGL!
¡ANG!
PUES SÍ QUE VIENE, SÍ... ¡Y RAPIDITO!
TROMP!
HE... HEMOS DE LARGARNOS DE AQUÍ... ¡GRMBLFJ! ¡Y SIN DESCUBRIR NADA DE LOS MOSQUITOS NI DE LOS BESTIAJOHITAS NI DE... DE...!
SÍ, ANTES DE QUE ACABE EL PARTIDO Y SE LARGUE LA GENTE... ESTÁ A PUNTO EL CACHARRO CON LOS BICHOS...
PICAN LO SUYO, ¿EH? ¡VA A SER UNA PICADA DE LAS GORDAS!
ANTES DE QUE SE LARGUE LA GENTE... LOS BICHOS QUE PICAN LO SUYO... ¡MOSQUITOS! ¡SON LOS BESTIAJOHITAS QUE INTENTAN LANZAR LOS MOSQUITOS!
32-A
¡AL FIN LOS DESCUBRIMOS! ¡A PUNTO DEL SABOTAJE! ¡HAY QUE HACER ALGO!
¡PLAN CUARENTA Y OCHO JOTA, JEFE! ¡DESPACHURRAMIENTO CRANEAL SEGURO!
¡HEY; CAMPAÑA PRO AMISTAD, PAZ Y ARREJUNTAMIENTO ENTRE LAS GENTES! ¡PONEOS EL UNO BIEN CERQUITA DEL OTRO, PONEOS!
¿ASÍ? ¡JI, JI! ¿VA A CAER LA VENTURA Y LA SUERTECITA SOBRE NOSOTROS?
LA SUERTECITA NO SÉ, PERO LA ANTRACITA MÁS BIEN SÍ... ¡PEÑASCO PURO!
TRONCH!
¡GLGLGL...!
¡SE JOROBÓ EL SABOTAJE, MUCHACHOS! ¡TENÉIS A PUNTO LOS MOSQUITOS PARA QUE PIQUEN, ¿EH?!
32-B

¿QUÉ MOSQUITOS NI QUÉ...? ¡LLEVAMOS AJOS, PEPINILLOS Y PIMIENTOS QUE PICAN LO SUYO!
¡LA PICADA PARA UNTAR LOS PICATOSTES Y NOTAR REGUSTILLO DE OMBLIGO PARA DENTRO!
¡LO CONTRARIO QUE VAIS A NOTAR VOSOTROS DE CRÁNEO PARA FUERA! ¡MARTILLO, NO REGUSTILLO! ¡EN TODA LA COCOROTA!
NO, MIRE, POR NOSOTROS QUE NO QUEDE... SI PODEMOS EXPLICAR...
CLONCH
PTAF
BLOMPF
TUND
QUÉ GENTE MÁS CERRADA, ¿EH, JEFE? ¡NO HAN QUERIDO ATENDER NI PIZCA DE LAS EXPLICACIONES!
SI; SEA UNO AMABLE Y EDUCADO, PARA ESO...
VEAMOS, HOY JUEGAN SALCHICHONIA CONTRA MORCILLANDIA... ¡VAMOS ALLÁ!
33-A
CLARO QUE ESTÁ EL ASUNTO DE LA ENTRADA... ¡HUESOS ROTOS, APLASTAMIENTO CULORRAQUÍDEO, MOLARES POR LOS SUELOS...!
¡ENTRAREMOS CON MIS RECURSOS, JEFE! LA ALCANTARILLA QUE PASA BAJO EL ESTADIO, MI PERCUTOR-AGUJEREADOR...
¿QUIERE DECIR? ¿Y SI LOS FALLOS? ¿Y LOS GURIPAS DENTRO DEL ESTADIO? ¿Y...?
DJIAOIIIIIIIIII
¡CALLE, JEFE, CALLE! ¡QUE USTED LO VE TODO NEGRO...!
¡NEGRO!
PTCHLUAFFFF...
¡GRFTJX!
¡AQUÍ HAY MÁS PETRÓLEO QUE HIGOS CHUMBOS! ¡LAS INSTALACIONES, LAS TUBERÍAS CORREN POR TODAS PARTES!
HOMBRE, JEFE, QUIÉN IBA A PENSAR QUE AQUEL FALSO TECHO...
33-B

BUENO, AQUÍ SALE AGÜITA FRESCA, ¿EH? DE PETRÓLEO, NADA.
¡CALLE Y DESENPUÉRQUESE DE UNA VEZ! ¡HAY QUE VOLVER A INTENTARLO!
¡AJÁ! POR LA PARED ARRIBA NO CREO QUE CORRA PETRÓLEO...; POR AQUÍ ENTRAREMOS COMO PEDRO POR SU CASA!
DJIAO!!!!!!!!..
¡LISTOS, JEFE! ¡HALA; TIRE P'ADENTRO Y A BUSCAR ESOS BICHITOS, ESOS MOSQUITOS QUE...!
OIGA, NO ES POR NADA, PERO EL ESTADIO ESTÁ ALLÍ ENFRENTE.
¡CORCHO! ENTONCES, ¿ESTO QUÉ ES...?
AQUÍ HAY UN LETRERO... AGUARDE, QUE LLEVO ENCIMA EL DICCIONARIO CATARENSE-FILIPINO-CASTELLANO... A VER QUÉ PORRAS...
¡TOMA YA! AQUÍ DICE "PROTECCIÓN DE LEONES DEL DESIERTO"... O SEA, QUE ESTE RECINTO...
34-A
¡JEFE, QUE RESULTA QUE ESTE EDIFICIO ES... ES... ¡UH; ME DA EN LA NARIZ QUE YA ESTÁ AL TANTO!
¡GRRR!
¡PERO JEFE, NO SE ESTÉ QUIETECITO, HOMBRE! ¡HAGA COMO YO! ¡DELE A LA PATAAA!
¡ROURG GRAORRR GÑAM...!
¡AY! ¡AGH! ¡OUAAAH!
¡AH; VEO QUE ME HA HECHO CASO! ¿CÓMO ESTÁ? ¿SE ENCUENTRA BIEN, OIGA?
"ENTRE A BUSCAR BICHITOS... ESOS MOSQUITOS...". ¡LE VOY A DAR YO BICHITOOOS!
HIJO, ¿PARA QUÉ SE ENTRETENÍA EN DARLE CONVERSA? ¡HABER GALOPADOOO!
NO, SI CUANDO TIENE EL DÍA TORCIDO, MEJOR NO INTERESARSE POR SU SALUD... ¡ANDE Y QUE LE DEN MORCILLA!
¡VENGA, ANDANDO AL ESTADIO! ¡HAY QUE ENTRAR COMO SEA!
34-B

SI HAY PORTERO MASTODÓNTICO, USTED SE DEJA DESMENUZAR UN POCO POR EL BIEN DE LA MISIÓN, MIENTRAS YO ME CUELO Y...
¡CLARO, Y LUEGO ME VIENE A PONER FLORES EN EL ATAÚD! ¡ANDE YA! ¡QUE LE ATE LA EPIGLOTIS CON EL INTESTINO GRUESO, MIENTRAS ENTRO YO!
¡CALLE, QUE TENGO OTRA IDEA INFALIBLE! YA NO ME ACORDABA... ¡MIS DISFRACES DE FANTASMA! ¡PÓNGASE UNO, PÓNGASE!
¡HALA, VAMOS DISPARADOS HACIA EL MURO! ¡COMO SOMOS FANTASMAS, NOS FILTRAMOS Y YA ESTAMOS DENTRO!
¿QUIERE DECIR QUE...?
¡QUE SÍ, QUE SÍ! ¿NO HA VISTO LAS PELÍCULAS? ¡CABEZA GACHA Y P'ADENTRO!
SCRONCH TROUMP
35-A
"NOS FILTRAMOS...".
BUENO, NO HA SIDO UNA FILTRACIÓN MUY CORRECTA, PERO YA ESTAMOS DENTRO, MIRE...
¿PERO QUÉ...? ¿DÓNDE ESTÁ LA GENTE? ¿Y LOS JUGADORES? ¡ESTÁ VACÍO! ¡VACÍO DEL TODO!
¡SÍ, COMO SU SESERA! A VER SI ALGUIEN NOS DICE...
¿EL SALCHICHONIA CONTRA EL MORCILLANDIA? ¡UH! ¡SI YA TERMINÓ HACE TRES HORAS Y CUARTO! AQUÍ SOLO QUEDAMOS LOS DEL ESCOBÓN Y EL FREGOTEO, MIRE...
PETRÓLEO, LEONES, CASCAMIENTO DE CALETRE... ¡GRMBLFJ!
SÍ, MIRE... EL DESTINO CRUEL Y DESPIADADO...
PRÓXIMO PARTIDO... SALMOREJONIA CONTRA TRIPEJOGUAY... ESTADIO DE AJ-OPORR-OH... ¡MARCHANDO!
35-B

¡JE! PUES ANDA QUE AQUÍ, EL PORTERETE DE MARRAS... ¡DE LOS QUE SE DESAYUNAN UN RINOCERONTE FRITO!
¡AH; YA TENGO LA SOLUCIÓN, JEFE!
SI SE REFIERE A SUS DISFRACES, SE LOS PUEDE COLOCAR BAJO LA RABADILLA, ¿EH?
¡NO, NO; SE TRATA DE MELECIO BORRÍQUEZ, QUE ERA SACRISTÁN DE LA PARROQUIA DE MI PUEBLO!
¡ERA DE BUENO...! CUANDO LA SEQUÍA, ÉL REGÓ EL HUERTO DE MÁS DE UN VECINO!
¡MELECIO! ¡GFRÑJRRRRR! ¡TUS MUERTOS...!
AL TÍO CIPRIANO SE LE MURIÓ LA MULA Y ALLÁ FUE ÉL A AYUDARLE A SEMBRAR LAS COLES...
¡VENGA, TÍO CIPRIANO, CUATRO SURCOS MÁS Y ESTE AÑO, COSECHÓN DE NARICES!
¡DE "NARICES"...!
36A
¿PUES Y LA EPIDEMIA? ¡ÉL SOLICO LIQUIDÓ NO SÉ CUANTAS LANGOSTAS DE LAS QUE SE COMÍAN LAS COSECHAS!
SÍ, TÍO REPÓLLEZ, UNA LANGOSTA COMO UN TROLEBÚS... ¡SE LE HABÍA PARAO ENCIMA EL TRACTOR, PERO YO...!
EN CUANTO ESTIRÓ LA PATA SE FUE P'ARRIBA Y SI SE TERCIA, VAYA SI NOS AYUDA, VAYA...
TÍO MELECIO... QUE HEMOS DE ENTRAR EN EL ESTADIO SIN QUE NOS ECHEN EL OJO... A VER SI TÚ...
¿LO VE, LO VE? ¡LE HA FALTADO TIEMPO PARA TRAERNOS DOS UNIFORMES DE ANGELITO! ¡PODEMOS ENTRAR VOLANDO!
¡AL TANTO, NO SUS ESMORRÉIS CONTRA L'AVUTARDA, ¿EH?!
¡MELECIO! ¿OTRA VEZ VACIANDO EL GUARDARROPA CELESTIAL?
¡AH; EL JEFE!
36B

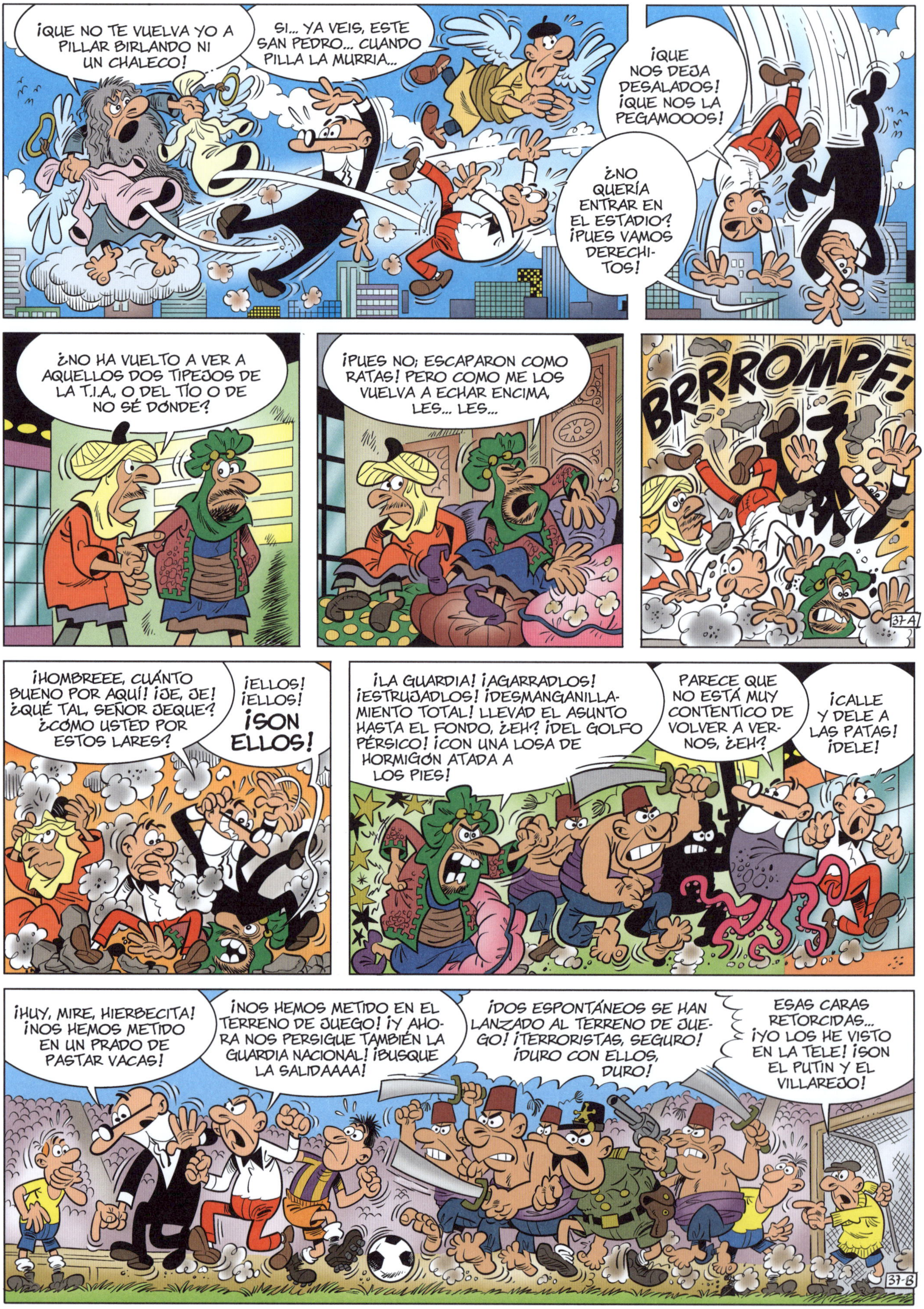
¡QUE NO TE VUELVA YO A PILLAR BIRLANDO NI UN CHALECO!
SÍ... YA VEIS, ESTE SAN PEDRO... CUANDO PILLA LA MURRIA...
¡QUE NOS DEJA DESALADOS! ¡QUE NOS LA PEGAMOOOS!
¿NO QUERÍA ENTRAR EN EL ESTADIO? ¡PUES VAMOS DERECHITOS!
¿NO HA VUELTO A VER A AQUELLOS DOS TIPEJOS DE LA T.I.A., O DEL TÍO O DE NO SÉ DÓNDE?
¡PUES NO; ESCAPARON COMO RATAS! PERO COMO ME LOS VUELVA A ECHAR ENCIMA, LES... LES...
BRRROMPF!
37-A
¡HOMBREEE, CUÁNTO BUENO POR AQUÍ! ¡JE, JE! ¿QUÉ TAL, SEÑOR JEQUE? ¿CÓMO USTED POR ESTOS LARES?
¡ELLOS! ¡ELLOS! ¡SON ELLOS!
¡LA GUARDIA! ¡AGARRADLOS! ¡ESTRUJADLOS! ¡DESMANGANILLAMIENTO TOTAL! LLEVAD EL ASUNTO HASTA EL FONDO, ¿EH? ¡DEL GOLFO PÉRSICO! ¡CON UNA LOSA DE HORMIGÓN ATADA A LOS PIES!
PARECE QUE NO ESTÁ MUY CONTENTICO DE VOLVER A VERNOS, ¿EH?
¡CALLE Y DELE A LAS PATAS! ¡DELE!
¡HUY, MIRE, HIERBECITA! ¡NOS HEMOS METIDO EN UN PRADO DE PASTAR VACAS!
¡NOS HEMOS METIDO EN EL TERRENO DE JUEGO! ¡Y AHORA NOS PERSIGUE TAMBIÉN LA GUARDIA NACIONAL! ¡BUSQUE LA SALIDAAAA!
¡DOS ESPONTÁNEOS SE HAN LANZADO AL TERRENO DE JUEGO! ¡TERRORISTAS, SEGURO! ¡DURO CON ELLOS, DURO!
ESAS CARAS RETORCIDAS... ¡YO LOS HE VISTO EN LA TELE! ¡SON EL PUTIN Y EL VILLAREJO!
37-B

¡DESAPARECIDOS! ¡SE HAN ESFUMADO!
ESPERA QUE LOS ENCONTREMOS, ESPERA... ¡LES VOY A CORTAR LAS UÑAS DE LOS PIES A LA ALTURA DEL COGOTE!
¡UUUUH! SALVAMOS EL PELLEJO... SUERTE DEL DISFRAZ DE BANDERA, ¿EH, JEFE?
¡CLARO; Y A MÍ TENÍA QUE DARME EL LADO DEL PALO, ¿EH?! ¡AY! ¡MIS COSTILLAS!
NOS METEREMOS OTRA VEZ... SIN QUE NOS VEA EL JEQUE... CAMUFLADOS ENTRE LA MULTITUD...
¡AGUARDE! MIRE LOS DOS TIPEJOS ESOS... NO SÉ QUÉ DICEN DE LOS MOSQUITOS...
EL PARTIDO YA SE ACABA... LLEGAMOS A TIEMPO PARA SOLTARLOS, ¡JE, JE! LLENO DE GENTE... TIENEN DONDE MORDER...
38-A
¡MOSQUITOS! ¡VAN A SOLTARLOS! ¡COMO ESTÁ LLENO DE GENTE, VAN A LLENAR LA TRIPA! ¡CHURRUPANDO LA SANGRE, A PICOTAZO LIMPIO!
¡Y PARA ESO ESTAMOS NOSOTROS AQUÍ! ¡LA MANO DE LA JUSTICIA! ¿TIENE ALGÚN PLAN?
¡SÍ JEFE, EL CIENTO SIETE JOTA!
¡UN SALUDO, HERMANOS! MIRAD, OS TRAIGO EL LIBRO SAGRADO QUE OS ABRIRÁ LOS OJOS!
¿LOS OJOS...?
PTAFF!
¡AGH!
¡AGH!
¡ESO ES! ¡LOS OJOS! ¡LOS OJOS!
CONQUE TIENEN DONDE MORDER, ¿EH? ¡CONQUE IBAIS A SOLTAR POR EL ESTADIO VUESTROS MOSQUITOS, ¿EH?!
38-B

¿MOSQUITOOOS? ¡MONITOS! ¡EL PÚBLICO TIRA POR LOS SUELOS RESÍDUOS DE BOCATA Y ELLOS LOS COGEN Y SE LOS VENTILAN!
¡ÑIECK, ÑICK, ÑOCK!
Y VIENE EL PADRE, QUE TAMBIÉN SE ENCARGA DE LOS RESIDUOS GORDOS... ¡AGARRA ESOS RESIDUOS, BESTIAJO! ¡AGARRA!
¡GRONF!
¡GRRRROURG!
¡GROOO!
¡ROURGF!
39-A
JEFE... ¿Y SI SUSTITUIMOS ESO DE LOS MOSQUITOS POR UNOS MOJITOS, EN ALGÚN BAREJO?
CALLE, CALLE... ¡AY!... MI ESTERNÓN... MI MASA CRANEANA... MI ENTREOJO... MI ENTREPATA... ¡AY!
HEMOS DE DETECTAR DE UNA VEZ ESOS MOSQUITOS... EL SÚPER YA DEBE ESTAR ALGO MOSCA...
HOMBRE; HABLANDO DE BICHARRACOS... ¡ES ÉL, QUE LLAMA!
TILT TILT TILT TILT
¡AQUÍ EL SÚPER! ¡TODAVÍA SIN NOVEDADES! ¿QUÉ ESTÁN HACIENDO? ¡ESTÁN DISFRUTANDO CON ESO DEL FÚTBOL, ¿EH?!
BANG!
¡RAYOS! ¿PERO QUÉ... QUÉ...?
¡MORTADELO! ¿SE PUEDE SABER QUÉ HA HECHO? ¿QUÉ...?
¡NADA, JEFE, COSAS MÍAS! "DISFRUTANDO CON EL FÚTBOL"...
¡GRFTJX!
39-B

¡VOLVEMOS A LO DE SIEMPRE! EL PORTERO ELEFANTIACO, QUE HAY QUE ENTRAR, SUS IDEAS BEODAS DE LOS DISFRACES Y...
Y... Y... ¡MMMM!
¡CIERRE EL PICO, JEFE! ¡OIGA ESO!
SÍ, AQUÍ ESTÁ TODO A PUNTO... LA PICADA EN EL TRASERO LES ESCOCERÁ LO SUYO... ¡JE, JE!
¡VOY P'AL ESTADIO! ¡ESOS JUGADORES VAN A CISCARSE EN SU TÍA!
¡BUEN TRABAJO, OMAR!
PICADA EN EL TRASERO... A LOS JUGADORES LES ESCOCERÁ LO SUYO... ¡LOS MOSQUITOS!
¡HAY QUE ACTUAR Y RÁPIDO! ¡CON UN PLAN Y UN DISFRACETE DE LOS MÍOS!
¡AL CUERNO SUS DISFRACES! ¡TODOS CATASTRÓFICOS! ¡YA ME OCUPARÉ YO SOLO DEL ASUNTO!
ÉL SOLO... ¡PUES SÍ, SEÑOR! ¡AQUÍ ES UN SERVIDOR QUIEN TIENE QUE MENEARSE A LO CHEINS BOND!
40-A
¡CON MI DISFRAZ DE COMANDO SUICIDA, LE METO UN BOMBAZO POR EL COGOTE Y A CORRER!
¡TOMA DEL FRASCO, CARRASCO! ¡TE VA A COLOCAR LAS VÉRTEBRAS EN LA ACERA DE ENFRENTE!
¿EH? ¿QUÉ...?
¿QUÉ GUARRADA ME HA METIDO AQUÍ? ¿QUÉ...?
¡HOMBRE, CON LAS MANOS EN LA ESPALDA! ¡A PUNTO PARA PONERLE LAS ESPOSAS, COMO EN LAS PELÍCULAS!
¡CAÍSTE, MOSQUITERO! ¡JA, JA! ¡TE DESCUBRÍ! ¡ESTÁS QUE EXPLOTAS, ¿EH?!
CLIC
BOUM
¡YA TE TENG... ¡JEFE!! ¿PERO CÓMO SE LE OCURRE COMPARTIR LA BOMBA CON UN TERRORISTA? ¿CÓMO...?
40-B

¡TENÍA QUE SER COSA SUYA! ¡OTRA ANIMALADA MÁS! ¡LE VOY A DAR YO BOMBAAAA!
PERO JEFE... ¡ES QUE SIEMPRE SE HA DE METER DONDE NO LE LLAMAN! ¡ANDE Y QUE LE ZURZAN!
¡Y EL TIPEJO SE HA ESCAPADO! ¡POR SU CULPA, MULA DESCE-REBRADA!
¡QUE SE CALLE, CARAY! ¡MIRE, VA POR ALLÍ! ¡ENTRA EN EL ESTADIO! ¡VAMOS A...!
¡USTED SE VA A PASTAR FORRAJE! ¡YO ME OCUPARÉ DEL PORTERO Y DE ENTRAR A LA BRAVA!
¡PUES SÍ! QUE SI NO FUERA POR MIS PLANES... ¡AH; SE ME OCURRE ALGO BESTIAL!
OTRA BOMBA DE SETENTA Y CUATRO MEGATONES... LA METO EN UNA BOLSA CON HIELO Y...
41-A
¡HEY, AQUÍ UN LUCHADOR CONTRA EL CAMBIO CLIMÁTICO! ESA GORRA LE DEBE DAR MÁS CALOR QUE UN CHURRO RECIÉN FRITO... ¡QUÍTESELA, QUÍTESELA!
¿LA GO-RRA? ¿PERO QUÉ...?
¿VE? ¡COLOCO AQUÍ ESTA BOLSA DE HIELO Y COMO SI ESTUVIERA EN EL POLO! ¡VUELVA A PONÉRSELA, VUELVA!
¡YA ESTOY HARTO DE LOS PLANES DE MORTADELO! ¡VOY A ACTUAR A LO BESTIA!
¡AH! PUES SÍ QUE SE NOTA FRESQUETE, SÍ...
¡FUERA GORRA! ¡VE REZANDO UN PADRE NU... ¡UH! ¿QUÉ ES ESO?
BAOUM
¡JEFE! ¿OTRA VEEEZ? ¡ES QUE NO PARA DE METER LA PATA HASTA EL TABIQUE NASAL!
41-B

"OTRA VEZ...". ¡OTRO PLAN SUBLIME DE LOS SUYOS! ¡GRFTJX! ¡AGUARDE, QUE LO CONDECORO! ¡CON LA REAL ORDEN DEL BORRICO DESCEREBRADO!
¡SÍ, USTED METE EL REMO Y EL NENE TIENE LA CULPA! ¡QUE LE DEN MORCILLA, OIGA!
¡MIRE, APROVECHEMOS QUE ESTÁN DESHOLLINANDO AL PORTERO Y COLÉMONOS! ¡HAY QUE ATRAPAR AL BESTIAJO DE LOS MOSQUITOS!
¡AHÍ ESTÁ; VA HACIA EL BANQUILLO DE LOS SUPLENTES!
¡ATAJÉMOSLE ANTES DE QUE LES INOCULE LA MOSQUITADA!
¡PARAO, MENELAO! ¡OJO CON EL TIPARRACO, MUCHACHOS! ¡INTENTA CONTAMINAROS!
¡AGH!
¡LLEVA LA CAJA LLENA DE MOSQUITOS VENENOSOS!
42-A
¡LE OÍMOS DECIR QUE LA PICADURA EN EL TRASERO OS IBA A PICAR LO SUYO Y...!
¡CLARO, YO SOY EL SANITARIO! ¿QUÉ MOSQUITOS NI QUÉ GAITAS? ¡SON INYECTABLES! ¡CON SUERO ANTIESCORBUTO, ANTIGARROTILLO Y ANTIBERIBERI!
¡Y ELLOS SÍ SON TERRORISTAS! ¡ME METIERON UNA BOMBA POR EL COGOTE! ¡INTENTARON LIQUIDARME!
¡ECHADLE UNA MANO AL SANITARIO! ¡O MEJOR, UN PIE! ¡DURO CON ELLOS!
¡A... AHUECANDO, JEFE! ¡QUE UNA PATADA DE FUTBOLISTA PEOR QUE COZ DE MULA!
¿PERO DÓNDE SE HAN METIDO?
¡YO YA LLEVABA LA HERRADURA DE TUNGSTENO PREPARADA...!
¡Y YO, LA CLAVETERÍA DE ALPINISTA!
42-B

¡JE! EL DISFRAZ DE BANQUILLO DE LOS SUPLENTES, COSA FINA, ¿EH, JEFE? ¡NI SE HAN DADO CUENTA!
NO, PERO YO ESTOY NOTANDO YA UN APLASTAMIENTO ESTOMACAL QUE... ¡EH! ¡QUE VUELVEN!
¡A SABER DÓNDE HAN IDO!
¡YA APARECERÁN, YA!
Y EN CUANTO ASOMEN... ¡PATADA EN TOL OMBLIGO!
¿PERO QUÉ PASA AQUÍ? ¡ESTE BANCO SE MUEVE!
SI... ÚLTIMAMENTE LOS BANCOS TIENEN MOVIMIENTOS SOSPECHOSOS, PERO...
¡RAAARGH!
¡LA TRIPA! ¡ME SALE EL OMBLIGO POR LA ESPALDA!
¡UNO! ¡POR AQUÍ ASOMA UNO!
¡Y AQUÍ, EL OTRO! ¡BOTARRAS A PUNTO!
¿QUÉ... QUÉ PRETENDE INSINUAR? ¿QUÉ...?
43-A
¡INCREÍBLE! ¡DOS TIPEJOS ASOMAN BAJO EL TRASERO DE LOS SUPLENTES! ¡NO SE SABE QUÉ IMPUDICIA INTENTABAN, PERO ESTOS LOS LANZAN AL QUINTO PINO, DE TREMEBUNDAS PATADAS Y BLA, BLA, BLA...!
TRRROMPF!
¿PERO QUÉ ESTÁ PASANDO EN EL CAMPO? ¿Y QUÉ ES ESO QUE VIENE DISPARADO? ¿QUÉ...?
SCRONCH
¡AAAAARGH! ¡ELLOS! ¡ELLOS!
¡ÉL! ¡ÉL!
43-B

¡LA GUARDIA! ¡LA GUARDIAAAA! ¡ARMAS A PUNTO! ¡LANZALLAMAS! ¡TORPEDOS! ¡MISILES NUCLEAREEEEES!
PARECE QUE ESTÁ EXCITADILLO... ¿Y SI LE PUSIERA UNA INYECCIÓN DE HIERBALUISA?
¡O DE CIANURO, OIGA! ¡CORRAAAA!
¡AJ! ¡ESTA VEZ NOS AGARRARON! ¡ESTAMOS PERDIDOS!
¡TRANQUILO, JEFE! HACE FALTA UNA ACUSACIÓN, UN JUICIO, UNA RECUSACIÓN, UNA CONDENA, TRIBUNALES, ABOGADOS... ¡PASARÁN AÑOS ANTES DE QUE...!
PTAF! CROCK TRUMP CLONC SCRRRECK!
"PASARÁN AÑOS ANTES DE...".
QATAR 17000 Kmts
¡AH! ¿YA ESTÁN DE VUELTA? ¡BIENVENIDOS, OIGAN! PRECISAMENTE IBA A LLAMARLES...
ES QUE ¿SABEN? ¡HUBO UN ERROR EN EL PARTE DEL ESPIANTAZGO! NADA DE MOSQUITOS... ¡ERAN "MORISCOS"! ¡"MORISCOS"!
IBAN A AMENIZAR EL FINAL DEL MUNDIAL 2022... ¡LA ORQUESTA DE LOS MORISCOS; CATORCE INSTRUMENTOS Y EL PANTOJO DE VOCALISTA Y...!
BUENO, CUALQUIERA TIENE DERECHO A EQUIVOCARSE, ¿NO? ¿ES QUE USTEDES NO LA PIFIAN NUNCA? ¿NO? ¡NO! ¿QUÉ VAN A HACER? ¿QUÉ...?
¡AFINE LA PUNTERÍA, ARTILLERO! ¡LA RABADILLA! ¡APUNTE A LA RABADILLA!
SÍ, SEÑOR SUPERINTENDENTE, APUNTO...
HOMBRE, JEFE, YO CREO QUE NO DEBIÓ DARLE EN LA CABEZA... ¡CON EL CENICERO DE BRONCE! ¡Y MUCHO MENOS CHAMUSCARLE EL MOSTACHO CON GASOLINA DE 96! ¡AL PRECIO QUE VA...!
¡QUE CIERRE EL PICO! ¡QUE YA SE LE PASARÁ!
THE END...

ACTIVIDADES

Tests

¡A POR EL BALÓN!

¿Cómo se llama el espía?

- ☐ Ojitos
- ☐ Ojétez
- ☐ Ojetes

¿Cuál es el nombre del estadio de fútbol?

- ☐ Valdecoces
- ☐ Villavoces
- ☐ Villaberzas F. C.

¿Cómo se llaman los jugadores que se han lesionado?

- ☐ Mendigo y Verdugo
- ☐ Migajo y Mendrugo
- ☐ Migujo y Mandrugo

¿Dónde marca gol Filemón?

- ☐ En la portería contraria
- ☐ En su propia portería
- ☐ No marca gol

UN MUNDIAL FATAL

¿Cómo se llama el agente?

- ☐ Pollino
- ☐ Pollínez
- ☐ Pillínez

Según el Súper, ¿cuántas peras se han comido Mortadelo y Filemón?

- ☐ Cuatro
- ☐ Tres
- ☐ Cinco

El brebaje del profesor Bacterio sirve para...

- ☐ Andar de espaldas
- ☐ Echar humo por la boca
- ☐ Ser rápido y ágil

¿Contra qué equipo juegan Mortadelo y Filemón?

- ☐ Los irlandeses
- ☐ Los neozelandeses
- ☐ Los ingleses

MUNDIAL 2022

¿En qué país se celebró el Mundial de Fútbol 2022?

- ☐ Canadá
- ☐ Qatar
- ☐ Croacia

¿De qué se disfraza Mortadelo para escapar del buitre?

- ☐ De paloma
- ☐ De pájaro
- ☐ De lechuza

VERDADERO O FALSO: El jeque tiene un tercer agujero en la nariz.

- ☐ Verdadero
- ☐ Falso

En el Mundial 2022 se disputa un partido entre...

- ☐ Salchichonia y Morcillandia
- ☐ Salchichonia y Marcillandia
- ☐ Solcillandia y Morchichonia

LOS COLORES DE TU EQUIPO

MORTADELO

MORTADELO Y FILEMÓN HAN OLVIDADO SU EQUIPACIÓN EN CASA. ¿PODRÁS AYUDARLES? **¡DISEÑA Y COLOREA TU PROPIA SELECCIÓN ANTES DE QUE EMPIECE EL PARTIDO!**

FILEMÓN

¿CUÁNTO SABES

SABÍAS QUE...

Los orígenes de los distintos tipos de fútbol actuales se remontan a la Edad Media en las islas británicas y se caracterizaban por su falta de organización y de árbitro.

La palabra "fútbol" viene del inglés *football*, compuesta por *foot* (pie) y *ball* (pelota). En castellano también podemos referirnos a este deporte como "balompié".

La FIFA (Fédération Internationale de Football Association) fue fundada en 1904 en París, Francia, por los representantes de siete países: Bélgica, Dinamarca, España, Francia, Países Bajos, Suecia y Suiza.

Los Países Bajos nunca han ganado un Mundial de Fútbol, aunque en 2011 Holanda figuró en el primer lugar en la clasificación de la FIFA.

La actividad más antigua que se parece al futbol que se conoce actualmente data de los siglos III y II a. C. El juego se llamaba *ts'uh Kúh* y consistía en lanzar una pelota con los pies hacia una pequeña red.

LA HISTORIA DEL FÚTBOL

Inicios del fútbol	**Eduardo II de Inglaterra prohibió el fútbol.**	**Creación del código de Cambridge, la base para el fútbol moderno.**	**Primeras Reglas del fútbol oficiales.**	**(Inicio de la historia del fútbol con la) fundación de The Football Association.**
S. III – II a. C.	1314	1848	1863	1864

SOBRE FÚTBOL?

NIVEL EXPERTO

Para ser un verdadero agente de la T.I.A., necesitas superar un examen de experto en fútbol. A ver qué tal lo llevas. **¿Puedes unir cada integrante de campo con sus características?**

PORTERO

DEFENSA

CENTROCAMPISTA

DELANTERO

ÁRBITRO

Debe conocer perfectamente el reglamento y además tener muy buena vista.

Ha de tener una gran visión de juego y filtrar pases a la delantera.

Altura y reflejos para impedir que entre un solo balón en la portería.

Ha de ser un tipo robusto, de complexión fuerte y atlético. Vamos, un tipo duro.

Ha de tener velocidad, puntería, chutar con precisión y que el balón no tope con obstáculos y acabe en la portería. ¡Excepto en la suya propia!

1904	1908	1930	1982	2009
Fundación de la FIFA.	**El fútbol se incluye por primera vez como deporte en los Juegos Olímpicos.**	**Primera Copa del Mundo de Fútbol (conocida también como Mundial de Fútbol) en Barcelona, Uruguay.**	**El Mundial se disputó en España.**	**El FCB ganó lo que se conoce como "triplete": la Copa, la Liga y la Champions.**

Actividades

DIFERENCIAS

Con tantos goles fallidos, algunas viñetas se han visto perjudicadas.
¿Puedes encontrar las siete diferencias entre estas dos ilustraciones?

INVENTA

Estos son dos de los equipos de las 32 selecciones participantes en el Mundial de 2022. **Usa estas viñetas vacías para inventar la equipación de otros equipos (¡ojo!, no puedes usar los que ya hayan salido en la historieta).**

LETTERING

IBÁÑEZ ERA UN MAESTRO DEL LETTERING.
TANTO PARA LOS ENCABEZADOS DE SUS HISTORIAS COMO PARA LAS ONOMATOPEYAS Y MUCHOS OTROS DETALLES, IBÁÑEZ DIBUJABA MUCHAS PALABRAS ÉL MISMO. HOY EN DÍA, USAMOS MUCHAS TIPOGRAFÍAS HECHAS POR ORDENADOR, PERO SABER DIBUJAR Y ROTULAR PALABRAS ES UN ARTE. **¿TE ATREVES A INTENTARLO?**

1. COPIA LOS TRAZOS

2. AHORA ENTINTA LAS LETRAS Y DALES COLOR

¡BIEN HECHO!

1. COPIA LOS TRAZOS

2. DALES COLOR

1. COPIA LOS TRAZOS

2. DALES COLOR

Ahora inventa tu propio lettering con la palabra **GOL**...
Puedes añadir más "O", exclamaciones, darle las formas, texturas y colores que prefieras. **¿Estás preparado?**

1. CREA LOS TRAZOS

2. DALES COLOR

Pasatiempos

EMPAREJAR

Ahora que Mortadelo y Filemón son expertos en los equipos de fútbol, ayúdales a unir cada club de fútbol con su país correspondiente.

BORUSSIA DORTMUND	BÉLGICA
MANCHESTER CITY	FRANCIA
ROYAL ANTWERP	INGLATERRA
AJAX	ALEMANIA
PARIS SAINT-GERMAIN	PAÍSES BAJOS

LABERINTO

Mortadelo y Filemón han olvidado su pelota dentro del campo de fútbol. ¡Ayúdales a hacerse con ella! Traza el recorrido que los agentes de la T.I.A. tienen que seguir para encontrar el balón y poder ¡jugar los próximos Mundiales!

PALABRAS DESORDENADAS

¡Oh, no! Los futbolistas profesionales Mortadelo y Filemón han pasado por aquí y lo han puesto todo patas arriba. **¿Serás capaz de hacer que las palabras vuelvan a tener sentido?**

EJEQU	→
HITAJOBESTIA	→
UNALDIM	→
RIOBACTE	→
ECCISELEÓN	→
ORDAJUG	→
JOREFLU	→
LACHIBA	→
ASLANZAMALL	→

Soluciones

¡HOLA, LECTOR! ¿CÓMO HAN IDO ESAS ACTIVIDADES? QUIERES SABER SI HAS ACERTADO Y ERES TODO UN ESPÍA DE LA T.I.A.? **AQUÍ ESTÁN LAS SOLUCIONES.**

TESTS

¡A POR EL BALÓN!

1. Ojétez
2. Villaberzas F. C.
3. Migajo y Mendrugo
4. En su propia portería

UN MUNDIAL FATAL

1. Cuatro
2. Pollínez
3. Ser rápido y ágil
4. Los neozelandeses

MUNDIAL 2022

1. Qatar
2. De lechuza
3. Verdadero
4. Salchichonia y Morcillandia

LABERINTO

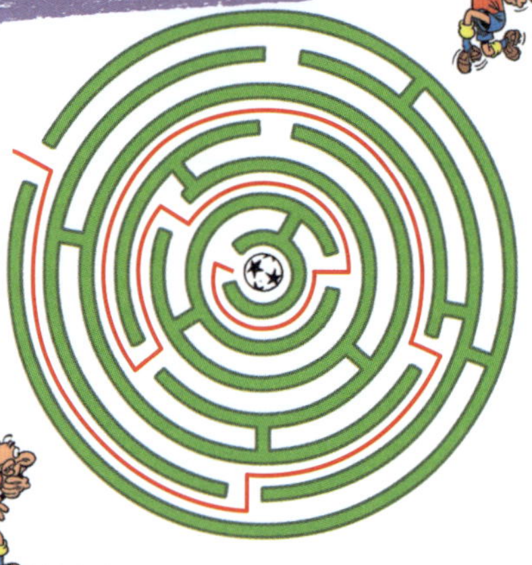

NIVEL EXPERTO

PORTERO Altura y reflejos para impedir que entre un solo balón en la portería.

DEFENSA Ha de ser un tipo robusto, de complexión fuerte y atlético. Vamos, un tipo duro.

CENTROCAMPISTA Ha de tener una gran visión de juego y filtrar pases a la delantera.

DELANTERO Ha de tener velocidad, puntería, chutar con precisión y que el balón no tope con obstáculos y acabe en la portería. ¡Excepto en la suya propia!

ÁRBITRO Debe conocer perfectamente el reglamento y además tener muy buena vista.

EMPAREJAR

BORUSSIA DORTMUND > ALEMANIA
MANCHESTER CITY > INGLATERRA
ROYAL ANTWERP > BÉLGICA
AJAX > PAÍSES BAJOS
PARIS SAINT-GERMAIN > FRANCIA

DIFERENCIAS

PALABRAS DESORDENADAS

JEQUE
BESTIAJOHITA
MUNDIAL
BACTERIO
SELECCIÓN
JUGADOR
REFLUJO
CHILABA
LANZALLAMAS

FRANCISCO IBÁÑEZ TALAVERA nació en Barcelona el 15 de marzo de 1936. Desde muy pequeño, desarrolló una gran afición por los tebeos y el cine cómico estadounidense. Falleció el 15 de julio de 2023 en Barcelona, y todo el mundo lo echa de menos desde entonces.

Tras finalizar la escuela, Ibáñez empezó a estudiar contabilidad, y en 1950 entró a trabajar como botones en un banco. Dos años después empezó a compaginar el trabajo en el banco con colaboraciones en revistas infantiles como ilustrador e historietista. En 1957 entró en la prestigiosa Editorial Bruguera, donde empezaría su espectacular carrera.

El nacimiento de Mortadelo y Filemón en enero de 1958 supuso el despegue definitivo de Ibáñez. Sus aventuras tuvieron tal éxito que enseguida se convirtió en la estrella indiscutible del cómic nacional. Desde entonces, Ibáñez trabajó como historietista dando vida a decenas de personajes y llevando a los lectores a las más desbaratadas aventuras.

Recorta

COGE LAS TIJERAS...

olorea, recorta y da forma
u PELOTA DE FÚTBOL!

¡Pégala con cola!

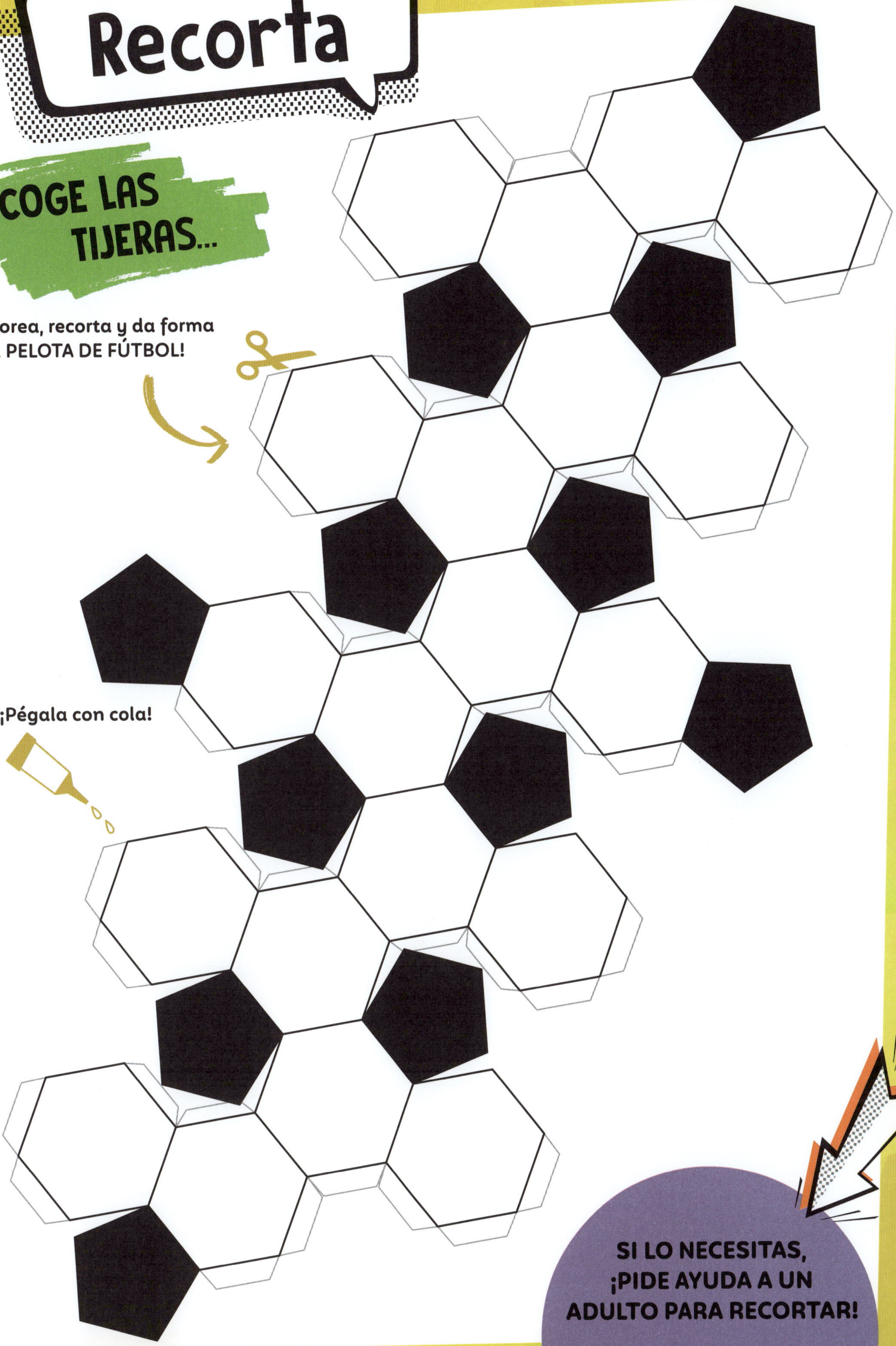

SI LO NECESITAS, ¡PIDE AYUDA A UN ADULTO PARA RECORTAR!

TRANCH!